Für Gertje & Dora

WEITSICHT

Die Großmutter blickt in die Ecke. In der Ecke rauscht das Meer. Im Rauschen die Stimme eines französischen Sängers, der Wind, bald komme er und werde alles aufwirbeln. Und der Großvater wird von einem Bestattungsunternehmen abgeholt.

Die Pflegekraft gibt der Großmutter eine malvenfarbene Pille, damit der Sänger still ist. Doch weder Brandung noch Gesang ebben ab, die Großmutter lässt sich im Rollstuhl vor die Ecke schieben, um genauer zu hören. Der große Wind fahre in die Segel oder in die Zettel, die Großmutter sagt, der Sänger habe eine seltsame Aussprache. Die Mutter zieht hinter ihrem Rücken an den Griffen des Rollstuhls, um sie aus der Ecke zu bewegen, doch die Großmutter drückt die Pantoffeln fest in den Teppich. Da sei kein Wind, versichert die Mutter. Noch nicht, aber bald, gibt die Großmutter zurück und lässt nicht locker. Erschöpft vom Gegenwind, lässt die Mutter vom Rollstuhl ab, die Großmutter bleibt vor ihrer Meeresecke sitzen.

Im Flur, das Kinn auf die Unterarme gelegt, steht das Mädchen, vornübergebeugt in die Fotos auf der Kommode, in die Gesichter der noch jungen Tanten und Onkel versunken. Dieselben, die am Vorabend Lieferpizzen bestellt hatten, um die noch lebenden Körper mit irgendwas zu füllen. Die sich dann unmerklich aus dem Elternhaus, in dem der tote Vater und die Verantwortung lagen, herausgeredet hatten. Plötzlich kommt der Mutter das Logische am Leben wie die frischeste Eingebung vor. Erstaunt zieht sie einen der Stellrahmen näher an den Rand der Kommode.

«Je später sie geboren wurden, desto lebendiger sehen sie aus.»

Sie deutet auf das junge Mädchen in der Bildmitte, auf sich selbst. Auf ihrem Schoß sitzt das jüngste der sechs Geschwister, das fröhliche Mondgesicht bereitwillig der Kamera zugewandt. Ihr eigener Blick sticht weit aus dem Bild und aus der Welt. Der Fotograf hatte gesagt, Mademoiselle solle doch bitte ihr Kinn ein klein wenig anheben. Die Mademoiselle hob aber nicht das Kinn, nur den Blick kurz an. Der Fotograf, erschrocken über die Traurigkeit, die ihm nun durch das enge Objektiv entgegenstürzte, vergaß abzudrücken, die Mademoiselle blickte schon wieder weg, über den Rand des Daseins hinaus, als der Auslöser schließlich klickte.

«Auch die anderen haben den Horizontblick», stellt die Mutter fest und fährt mit dem Finger über das Glas, «bloß weniger als ich. Immer weniger mit den Jahren, der Bruder hier, drei Jahre nach mir, sein Blick geht nicht mehr ganz so weit. Aber mindestens bis zum nächsten Gewässer.»

Das Mädchen nimmt das Bild, hält es mit ausgestreckten Armen vor sich und versucht vergeblich, sich ins Gesichtsfeld des Bruders zu navigieren. Auch sein Blick verlässt das Bild, streift niemanden und zieht in die Ferne.

«Es ist schrecklich eng, zusammen in ein Viereck gepresst zu leben. Und immer kommt noch einer. Sie hörten einfach nicht auf damit. Immer noch einer. Wenn du von denen die Erste bist, wirst du für alles verantwortlich gemacht, was diese nach dir Kommenden anstellen. Du musst schnell erwachsen werden und den anderen die Regeln des Vierecks beibringen. Die Regeln, die Grenzen und den Preis von allem. Wirst vorgeschoben, unbarmherzig.» Die Mutter markiert mit ausgestreckten Händen das Viereck vor ihrem Gesicht. «Diese Art zu blicken war der einzige Weg zu entkommen. Einen Punkt fixieren, der weiter weg ist als

das Naheliegendste. Jenseits dessen, was sich auf einen zu-
schiebt.»

Das Mädchen nickt nachdenklich und stellt den Bilderrahmen zurück auf die Kommode. Als es sich zur Mutter
umwendet, starrt diese immer noch abwechselnd in ihre
Handflächen und durch sie hindurch, ein beinahe un-
merkliches Gleiten von der Nah- in die Fernsicht. Sie habe
das nicht geübt. Es sei wie vererbt. Es geschehe einfach so.
Die Mutter lässt die Handflächen sinken, hält sie der Tochter hin. Entschuldigend. Hier. Siehst du, es geschieht selbst
mit den eigenen Händen.

Die Tochter nimmt sie entgegen, dreht sie um, löst behutsam die Finger aus ihrer Starre, drückt ihr Verständnis
in den kühlen Klumpen der Mutterhand, bis er wieder wei-
cher, wieder lebendiger wird. Drüben im Zimmer sitzt die
Großmutter, blickt in die Ecke und ist jenseits der Welt. Im
Bilderrahmen sträuben sich die Geschwister. Das Mädchen
versteht, dass Hände und Wände eine Form geben. Dass
eine Figur die Gussform der nächsten ist. Großmutter, Mutter, Tochter.

DAS KIND

SICHTUNG

Das Kind schüttelt die Starre des Fernsehens ab. Schüttelt die Bilder und Töne aus sich heraus, damit die Eltern nicht merken, dass es sich heimlich bei den Nachbarn damit angefüllt hat. Dann stößt es mit frischem Gesicht die Wohnzimmertür auf.

Im Wohnzimmer sitzen die Eltern mit anderen Erwachsenen auf Stühlen. Besuch machen, nennen sie es. Nach dem Besuchmachen sacken die Eltern in eine liegende Position und seufzen. Die Stuhllehne hindert sie daran, bereits früher hintenüber wegzuklappen.

Beim Besuchmachen wird viel geredet. Dabei wollen die Erwachsenen einander ins Gesicht sehen.

Auf der Eckbank sitzt die Kindergärtnerin. Lange beobachtet das Kind von der Türschwelle aus die Handbewegungen des Gesprächs. Die der Kindergärtnerin sagen: Nicht gut. Die der Eltern sagen: Ach was. Die Hände der Kindergärtnerin sagen: Doch, doch! Kurz bevor das frische Gesicht des Kindes wieder erstarrt, wird es bemerkt und zum Tisch gerufen. Es setzt sich ganz vorne auf die Stuhlkante und wartet darauf, dass ein Wort für es fallen gelassen wird. Ein Wort, das es kennt und auf das es etwas erwidern kann. Es sitzt auch ohne Stuhllehne ganz aufrecht.

Im Gesicht der Kindergärtnerin steht eine steile Stirnfalte. Im Kindergarten hatte sie das Kind aufgefordert, mit der Laubsäge ein Osterei aus einem dünnen Holz zu sägen. Das Kind sei aber seelisch nicht in der Lage dazu gewesen, informiert die Kindergärtnerin die Eltern. Die Eltern sehen aus, als wollten sie direkt ins Bett fallen. Das Kind ist froh um die stützende Kraft der Stuhllehnen.

Es erinnert sich genau an die Laubsäge. Die Kindergärtnerin hatte ihm gezeigt, wie man damit sägt, und dabei riss das feine Sägeblatt mit einem Knall. Das Kind erschrak sehr, und die Kindergärtnerin meinte, das könne schnell passieren. Für jedes zerrissene Sägeblatt müsse das Kind zwanzig Rappen zahlen. Alles habe seinen Preis. Dabei zwinkerte sie dem Kind zu. Das Kind hatte sich daraufhin geweigert, die Säge anzufassen. Es hatte ja gar kein Geld, und die Angst vor einem reißenden Laubsägeblatt war so mächtig, dass es den Rest des Tages unter einem Hocker verbrachte. Von dort aus hatte es beobachtet, wie die Kinder unzählige Sägeblätter kaputt machten, ständig klirrte es, und die Kinder wedelten einander glücklich mit den zerborstenen Sägeblättern vor der Nase herum. Als das Sägemehl und die kaputten Sägeblätter zusammengekehrt waren, entließen die Kindergärtnerinnen die Kinder mit ihren Eiern, ohne von ihnen Geld zu verlangen. Das war dem Kind unheimlich.

Das Detail vom Geld berichtet die Kindergärtnerin den Eltern beim Besuchmachen nicht. Unruhig rutscht das Kind auf der Stuhlkante vor. Es will jetzt sein Wort sagen. Es will sagen, dass die Kindergärtnerin ein Wort zu sagen vergessen hat. Das Geldwort. Dass alles seinen Preis hat. Und sie hat gezwinkert. Aber die Kindergärtnerin macht keine Pause. Sie sagt Entwicklung und Psychomotorik und vernünftig. Die Eltern rollen mit den Augen. Das ist ein gutes Zeichen. Das Kind wird wieder hinausgeschickt. Es soll doch etwas schaukeln gehen.

Das Kind betrachtet die Schaukel. Sie ist an der Unterseite des Balkons angebracht. Durch die offen stehende Balkontür ist die vernünftige Stimme des Vaters zu hören, der die Kindergärtnerin zur Vernunft bringt. Auch die Stimme der Mutter kommt hinzu.

Die verschiedenen Vernünfte der Erwachsenen treten auf eine Lichtung im Wald. Es sind Hirsche. Sie umkreisen einander und betrachten die Enden am Geweih des anderen. Die Hirsche machen das, damit sie nicht jedes Mal in einen kräftezehrenden Kampf geraten, wenn sie sich begegnen. Hat der Vater dem Kind gesagt. Die Hirsche sind edel. Die Hirsche wägen ab. Sie zählen ab. Das Kind kann nicht zählen. Und es kann nicht zahlen. Es kann den Preis nicht zahlen. Die Vernunft der Mutter aber fühlt vielleicht, dass die Kindergärtnerin nicht die ganze Geschichte erzählt. Die Mutter hat gesagt, die Hirsche haben doch keinen Verstand für Zahlen und Enden, sie spüren die Kraft voneinander.

Das Kind hofft, dass die Vernunft der Eltern die Vernunft der Kindergärtnerin von der Lichtung vertreibt und dankt den Stuhllehnen. Die Eltern werden nach dem Besuchmachen wieder sehr müde sein.

Es klettert auf die Schaukel, wippt etwas vor und zurück und befühlt die rauen Hanfseile, an denen sie aufgehängt ist. Die Schaukel ist ein Stuhl ohne Lehne, stattdessen hält man sich an den Seilen. Was würde geschehen, wenn es die Seile einfach losließe? Eine Aufregung durchkribbelt das Kind. Würde es dann wie die Erwachsenen zurückschnellen? Wäre es dann mit einem Schlag erwachsen?

Mit dem nächsten Schwung lässt das Kind die Seile los und fällt hart auf den Rücken. Der Aufprall verschlägt ihm den Atem. Es starrt in die gleißende Sonne und die davor herumpendelnde Schaukel. Es befindet sich noch in seinem Körper, es will schreien, aber der Brustkasten ist steif, wie zubetoniert. Die Sonne scheint durch die aufgesperrten Augen herein. Die Mutter ruft nach dem Kind und kommt auf den Balkon. Sie beugt sich über das Geländer. Das Kind liegt auf dem Rücken im Gras und schnappt nach Luft.

Durch den Schnorchel keuchend, studiert das Kind die Schaumdecke über sich. Die Bläschen knistern und schwanken sanft hin und her. Der Schlauch der Brause rumpelt gegen die Badewannenwand, der Hintern quietscht am Wannenboden, das Herz pocht laut und stark. Das Kind lauscht seinen Organen, sie klingen gut. Es weiß, dass die Organe es bis ins Erwachsenenleben begleiten werden. Es schließt die Augen unter der Taucherbrille. So muss es gewesen sein. Draußen dumpfes Gemurmel und Gehämmer, drinnen ein Pochen und Rauschen. Es sieht sich selbst, wie es ein winziges Menschenkorn gewesen ist, so wie es nun im Badewasser schwebt, wie es heute Abend Kartoffelpuffer essen und einmal viel später aus dem Haus gehen wird, mit einer Idee, einem Plan oder einer Aufgabe. Auf alles gefasst, mit einer mittelgroßen Tasche voller Taschentücher und sonstigem Zubehör für den Tag. Und die Organe im Kind werden dabei sein und in ihm drin sprechen. Das Kind spürt: Es gehört zu sich.

In diesem Gefühl lebt ein zweites Gefühl. Leicht ist es, traurig und schön. Wie die Bilder im Fernseher bei den Nachbarn. Da und doch nicht da. Das Kind kann das Gefühl nicht festhalten, es weht hinter einem Atemzug her aus der Brust heraus. Durch den Schnorchel entweicht es und findet nicht zurück.

Unter dem Schaum schluchzt das Kind. Das Fenster ist gekippt, das Gefühl wird entwischen. Die Eltern sollen es einfangen. Es aufheben. Für später. Das Kind weiß, dass etwas geschieht, was es nicht begreifen kann. Vermutlich sogar etwas, was auch die Eltern nicht begreifen können. Aber sie müssten doch. Sie müssten doch wissen, was zu tun ist. Wegen der Kindergärtnerin. Und dem Preis, den alles hat. Sie sagten doch Vernunft. Vernünftig sein.

Das Gesicht der Mutter schaut durch ein Loch in der Schaumdecke, zwei Arme greifen von weit her nach den Schultern und heben das Kind aus dem Wasser. In der Taucherbrille die Tränen. Sie zieht am Mundstück des Schnorchels, und wie entstöpselt heult es aus dem Kind heraus. In der Küche horcht der Vater auf. Mit einer Holzkelle schiebt er die Kartoffelpuffer in der Bratpfanne hin und her. Was fehlt dem Kind? Die Kartoffelpuffer werden es abfedern, versichert sich der Vater. Die Mutter setzt das trockengerubbelte Kind auf die Eckbank. Sie habe bloß den Schnorchel aus dem Schaum ragen sehen, und durch den Schnorchel habe es geschluchzt. Sie wirft dem Vater einen ratlosen Blick zu. Dieser schiebt dem Kind den Teller heran. Doch der Kartoffelpuffer zeigt keine Wirkung, immer wieder wird das Kind von kleinen Verkrampfungen des Zwerchfells geschüttelt, verschluckt sich und will wieder losbrüllen.

Der Vater spricht ins Telefon zu seiner Kundschaft. Manchmal verwechselt die Kundschaft die Telefonnummern, und plötzlich ist der Vater mitten in der Arbeit. Er schlägt die Beine übereinander und wippt mit dem Fuß. Dazu versinkt er tief im Sofa. Die Kundschaft möchte, dass der Vater eine Tier- oder Pflanzenart rettet, bewahrt oder zählt und den Streit mit denen schlichtet, die das Gegenteil wollen. Der Vater klemmt den Hörer kurz zwischen Schulter und Kinn ein und zeichnet schwungvoll mit dem Kugelschreiber zwei Kreise auf ein Papier. Das Kind weiß schon, dass in der Mitte, wo sie einander überschneiden, eine Lösung verborgen liegt. Die Tiere und Pflanzen sind auf diese Lösung angewiesen. Und der Vater muss sie finden.

Sein Fuß wippt im Auftrag der Kundschaft. Für die Kundschaft benutzt er eine Beraterstimme. Begehung ...

mhm, ja. Mauersegler ... Genau, am kommenden Dienstag. Unter Umständen, die Besprechung ... und in dieser Situation empfiehlt es sich außergerichtlich ... Er spricht lange, lacht zwischendurch auf, in der Leitung wird auch lange gesprochen, der Fuß wippt, der Vater horcht, seine langen Beine ragen immer weiter aus dem Sofa empor. Das Kind beobachtet aufmerksam das Wippen des Fußes, es versucht daraus eine Regel oder eine tiefere Weisheit abzuleiten. Aber das Wippen bleibt unergründlich und ohne Regel. Es scheint auch keine direkte Betonung dessen zu sein, was gerade gesagt wird. Der Vater fragt, die Kundschaft antwortet, der Fuß wippt. Die Kundschaft fragt, der Vater gibt Auskunft, der Fuß wippt.

Das Kind möchte auch gerne eine Auskunft beim Vater einholen. Zum Engel, den es bei den Nachbarn gesehen hat. Ob er eine Spezies ist. Und ob er selten und speziell und schützenswert ist. Es will, dass der Vater mit ihm zu den Nachbarn kommt und dem Engel einen Namen gibt. Dem Kind erklärt, woher dieser Engel kommt und welchen Lebensraum er braucht. Nicht dieses Reden mit anderen am Telefon und das Fußwippen.

Das Kind will sich ans Fußgelenk des Vaters hängen, schwer wie ein Stein, um dieser unbegreifbaren Bewegung ein Ende zu setzen. Zugleich fürchtet es sich davor. Es könnte sein, dass dieses Wippen den ganzen Vater betreibt. Dass alle Zahnräder und die davon angetriebenen Vorgänge im Vater von diesem Fuß mit Energie versorgt werden. Und wenn das Kind sich in diesen Kreislauf einmischte, der gesamte Vater zum Erliegen käme, seiner Arbeit nicht mehr nachkommen könnte und die Kundschaft in der Telefonleitung ihre Konflikte nicht lösen könnte. Alles hängt von dem wippenden Fuß ab, diese Tatsache macht das Kind rasend. Es will den Vater warnen, das Sofa wird ihn gleich ganz verschlingen, während bei den Nachbarn ein seltener Engel lebt, der vermutlich noch nie zuvor gesichtet wurde, bestimmt sogar der einzige seiner Art ist, und der Vater bemerkt ihn nicht, denn er ist ein Büro, das von einem wippenden Fuß angetrieben wird.

Verzweifelt sitzt das Kind auf dem Teppich und fixiert den Vaterfuß. Wie kann es sicher sein, dass es ein Engel war? Der Engel war unscharf und nur kurz erschienen. Dann hatte Ege auch schon EJECT gedrückt, und die Videokassette kam aus dem Gerät gefahren, auf dem Bildschirm nur noch Ameisengewimmel. Ege, der den Kopf schüttelt. Kein Engel. Es ist kein Engel. Nur ein Bild. Aber wenn das Kind die Augen schließt, leuchten die weißen Flügelchen wie Flammen im Dunkel. Der Engel brennt hinter den Lidern.

Das Kind reißt die Augen wieder auf. Der Vaterfuß wippt immer noch. Wann kommt die Pause, in die es sprechen kann? Dann stemmt sich der Vater aus den Tiefen des Sofas hoch. Das Telefonat ist beendet. Der Fuß wippt nicht mehr, denn er wird jetzt zum Gehen und Stehen benötigt. Das beruhigt das Kind für den Moment, dass die Körperteile für die vorgesehenen Zwecke verwendet werden.

ABKLÄRUNG

Der Heiler beugt sich über das Kind auf der Liege und starrt ihm in die Augen. Das Kind starrt dem Heiler ebenfalls in die Augen. Im Bauch rumoren Zweifel.

Es hat dem Heiler vom fehlenden Gefühl berichtet, als sie sich noch auf Stühlen gegenübersaßen. Der Heiler hat genickt hinter dem Schreibtisch und alles mitgeschrieben, das hat dem Kind gutgetan. Doch auf der Liege fühlt es sich anders an. Das Gefühl fehlt zu sehr, es ist ein Loch, in das der Blick des Heilers ungebremst hineinfällt.

Er werde die Information des Fehlens jetzt deprogrammieren, erklärt der Heiler dem Kind. Und zwar allein durch intensiven Blickkontakt. Das Kind verschließt sich instinktiv. Will der Heiler den Engel auslöschen? Das Kind wird ihn nicht hergeben.

Stattdessen testet es den Heiler. Es erwidert sein Starren und wiederholt dazu in Gedanken: *Ich bin ein Wal. Mir fehlt kein Gefühl. Ich schwimme im Meer.* Wenn er wirklich Gedanken lesen kann, wird ihn diese Information erstaunen.

Der Heiler beginnt etwas zu schwitzen, geht aber nicht auf die Gedanken des Kindes ein. Nach einer Weile tupft er sich den Schweiß von der Stirn und nimmt Abstand. Ob das Kind seine Algentabletten brav genommen habe, will er wissen. Das Kind nickt. Es hatte sie mit einem Stein zu Staub zerstoßen und in den Froschteich gekippt. Immer mit genug Wasser, fügt der Heiler hinzu. Das Kind bleibt liegen und späht aus den Augenwinkeln zum Heiler hinüber. Er sucht etwas in seiner Schreibtischschublade. Ob der Heiler die Wal-Information mit den Eltern teilen wird?

«Nein», sagt der Heiler beiläufig und träufelt Duftöl in ein Lämpchen. Das Kind erschrickt. Hat er wirklich gehört, was es sich selbst im Stillen gefragt hatte? *Hörst du mich, Herr Heiler?,* fragt es nochmals laut und deutlich in Gedanken. Aber der Heiler reagiert nicht mehr.

Es klopft.

«Das wird die Mama sein», meint der Heiler.

Während das Kind seine Turnschuhe anzieht, vereinbart der Heiler mit der Mutter einen neuen Termin. Sie tauschen sich über den Duft im Lämpchen und seine Wirkung aus, Eukalyptus, klärend, reinigend, die Bettnässerei, das werde sich auswachsen. Aber das fehlende Gefühl ...

Das Kind steht mit dem Rücken zu den Erwachsenen am Fenster und befingert den Vorhangstoff. Liebevoll lässt der Heiler seinen Blick kurz auf dem zerzausten Hinterkopf des Kindes ruhen. Ein besonders verstocktes.

«Nun denn», sagt die Mutter und schiebt das Kind aus der Praxis. Über die Schulter wirft es dem Heiler noch einmal einen durchdringenden Blick zu.

«Die Seele und die Organe hängen eng zusammen», erklärt die Mutter dem Kind auf dem Weg zur Bushaltestelle, aber die Seele sei tief wie ein dunkles Meer. Vielleicht könne der Heiler etwas Licht in diese Tiefen bringen. Das Kind denkt an die Algentabletten im Froschteich. An den schaurigen Kampf einer Krake mit einem Pottwal in der schwärzesten Dunkelheit der Tiefsee. In diese Tiefen taucht kein Heiler so leicht ab.

«Ich bin ein Pottwal», verkündet es der Mutter.

«Eine Unke wohl eher», kichert die Mutter.

Im Bus treffen sie den Vater, der gerade von der Begehung eines Golfplatzes heimkommt. Der Bus ist überfüllt, und das Kind wird auf seinen Schoß gesetzt. Der Vater ist in eine Unterhaltung mit seinem Sitznachbarn vertieft, das Kind fühlt den wippenden Vaterfuß am Bein, auf dem es sitzt. Ernste Wörter schießen hin und her.

Ombudsstelle, Verhandlungsgrundlage, Konfliktparteien, Korruptionsgefahr, Gewässerreinhaltung, Eigenverantwortlichkeit, Langzeituntersuchung, Populationsrückgang, Lösungsansatz, Verschwiegenheitspflicht, Ambiguitätstoleranz, Entscheidungsdelegation.

Das Kind muss pinkeln. Aber die beiden Männer reden

so energisch, dass es nicht weiß, wann es dreinreden könnte, um zu sagen, dass es aufs Klo muss. Es traut sich nicht, zwischen die langen, wichtigen Wörter der Erwachsenen seine kleinen, kurzen Pipi-Worte zu sagen.

Der Vater ist hineingegangen, um die nasse Hose zu wechseln. Die Mutter ist hineingegangen, um die Packungsbeilage der Algentabletten nochmals zu studieren. Das Kind ist nicht hineingegangen. Es sitzt auf der Fußmatte vor der Tür und isst Rosinen. Die Borsten aus Bast stacheln gegen die Waden.

Der dunkle Fleck auf dem Hosenbein des Vaters. Das Kind möchte vergessen, dass seine Seele ein Leck hat, durch das es heraustropft. Wäre es umgeben von Wasser, würde das niemandem auffallen. Aber weit und breit kein Wasser. Hitze und Wiesen und die borstige Bastmatte, über die der Besuch ins Haus schreitet, um mit den Eltern den Zusammenhang der Seele mit den Ostereiern und den Organen zu besprechen. Wer hängt denn den Zusammenhang zusammen? Wer hat diese große Kraft?

Um die Fußmatte flitzen Ameisen. Wenn auf dem Fernseher der Nachbarn nichts läuft, laufen die Ameisen auch dort. Gibt es bei den Ameisen einen Zusammenhang? Das Kind versucht, einer einzelnen Ameise mit den Augen zu folgen. Wenn man wüsste, was eine einzelne Ameise tut und wohin sie geht, könnte man sich einen Überblick über den Zusammenhang der Ameisen verschaffen. Und darüber hinaus etwas über den Zusammenhang überhaupt. Wenn diese Ameise hier die Tochter von jener ist, müsste die, die eben unter der Fußmatte hervorgekrochen ist, die Mutter von dieser sein, also die Königin? Aber die Ameisen rennen wild durcheinander. Die Rosinen in der Hand werden schwitzig.

Mit den Zähnen halbiert das Kind eine klebrige Beere und legt sie an die Kante der Fußmatte. Sofort entsteht ein Gedränge, und nach einer kurzen Inspektionsrunde zerrt eine Ameise den Fund zielstrebig mit sich fort. Den Blick auf die hinwegzitternde Rosine gerichtet, isst das Kind hastig den Rest. Es muss die Hände frei haben für die Verfolgung. Es ist ein Doktor der Wissenschaft. Endlich wird es wissen, was eine einzelne Ameise tut. Erst als die Trägerin die Rosine mit einem letzten Ruck in ein sandiges Loch zerrt, hebt das Kind den Blick. Wo? Wie? Es hat sich nicht geachtet. Reibt sich die Augen.

BENENNUNG

Die Blechschatulle mit beiden Händen umklammernd, drückt das Kind das schwere Holztor des Ateliers auf. Alles Wichtige ist in der Schatulle. Beinahe fällt es über einen Gipsarm. Die Mutter hatte damit das im Durchzug knarrende Tor arretiert. Sie steht im weißen Staub und hantiert am drehbaren Teil des Modellierbocks. Die Ohren mit Kopfhörern bedeckt, wippt sie im Takt der Musik. Ab und zu singt sie einen Wortfetzen, ...velation ...misticristal ... oh yeah! Ihr langes Hemd umwogt die drei Beine des Bocks, im Gipsstaub die Linien ihres Tanzes.

Das Kind zieht ein schmales Etui mit Diaaufsätzen aus seiner Schatulle und fingert die bunten Scheiben heraus, um sie sich einzeln vors Gesicht zu halten. Nachbar Ege hat ihm die Aufsätze mitgegeben zum Durchgucken und sich ein Bild machen. Wenn es zu Hause schon nicht fernsehen dürfe, könne es damit wenigstens das fade Abbild der Welt ein wenig in Schwung bringen. Das sei wohl hoffentlich noch erlaubt. Die Aufsätze könne man auch bei einer Diaschau vor den Projektor klemmen, als Jux, die gezeichneten Formen würden sich über die Fotos legen, und schon habe man ein anderes Bild. Mit geistlosen Urlaubsbildern sei das besonders spaßig. Die Lebenspartnerin Gisela, deren Urlaubsbilder gemeint waren, stand mit zwei vollen Einkaufstüten im Türrahmen. Eine ihrer roten Locken hatte sich im Mundwinkel verfangen, ein feiner Schnitt. Ege drehte sich nicht um, nur das Kind las das Gefühl in ihrem Gesicht. Giselas Kränkung, ein Bild, das Ege schon lange nicht mehr interessiert.

Durch das Viereck des Dias nimmt das Kind die Tonfigur auf dem Modellierbock der Mutter ins Visier und kneift ein Auge zu. Bewegt das Viereck hin und her, auf und ab, bis die Figur darin schön ist. Die Figur ist die Vorgängerin von sich selbst in der Zukunft. Wenn sie bereit ist, wird sie mit Gips umhüllt, verschwindet und wird ein klumpiges, weißes Gebilde. Aus dem aufgeknackten Gebilde dann werden die zerrissenen Gliedmaßen der Vorgängerin sorgsam herausgekratzt. Dann ist von ihrem Körper nur noch das anwesend, was ihn umgibt, sagt die Mutter dazu, ein heikler Moment, und anfällig für Verluste. Wenn die Mutter bei dieser Arbeit ungeduldig ist, kann es passieren, dass dem abwesenden Körper ein Arm oder der Kopf abfällt. Diese Teile sind für die Nachfolgerin verloren.

Das Kind würde der Vorgängerin im braunen Ton gerne ein Leben ermöglichen, bevor sie als Vorlage für eine Nachfolgerin sterben muss. Vielleicht kann es mit den Diaaufsätzen etwas ausrichten. Es wechselt vom neutralen Dia zum ersten Aufsatz. Jetzt ist die Figur am Palmenstrand. Erfreut wechselt das Kind den Aufsatz. Die Figur ist im Weihnachtsland. Die Figur hat ein Leben. In rhythmischer Abfolge hält sich das Kind reihum alle Aufsätze vors Gesicht und summt.

Jetzt ist die Figur am Palmenstrand,
jetzt ist die Figur im Weihnachtsland,
jetzt ist sie hinter dem Schlüsselloch,
und jetzt ist sie in meinem Herz.
Jetzt fährt sie Ski
und mit dem Schiff,
fliegt mit dem Flieger,
feiert ein Fest,
ist im Büro, mit Papier
und im Fernglas
ist ein Tier ...

Das Kind stockt. Der Vater notiert seine Beobachtungen in der Tierwelt auf Papier. Das macht sie ernst, und man kann mit langen Wörtern darüber sprechen. Doch es selbst kann seine Beobachtungen noch nicht notieren. Es muss der Mutter das fehlende Gefühl und den Engel mündlich erklären.

«Ich habe bei den Nachbarn vielleicht einen Engel gesehen», versucht das Kind.

«Hä?», ruft die Mutter und hebt eine Kopfhörermuschel vom Ohr.

«Ich habe etwas gesehen. Bei Ege.»

«Was denn?» Die Mutter setzt die Kopfhörer ganz ab und kommt etwas näher.

«Die Ränder waren verschwommen. Ich weiß nicht genau.»

«Mmmh», macht die Mutter und knetet sich das Gesicht. «Fängt es jetzt schon an.»

Das Kind blickt zu Boden. Was fängt an? Das Fernsehen und die Videokassetten machen dumm und traurig, hatte die Mutter oft gesagt. Die Augen werden schwach davon. Vom Glotzen auf den Bildschirm. Wenn das Kind das unbedingt wolle, könne es das bei den Nachbarn machen. Ege habe da drüben schließlich genügend Technik rumstehen, um ein ganzes Kino zu betreiben. Von der Produktion bis zur Aufführung. Medien hier, Medien da. Aber Ege verwechsle und vertausche mit seinen Medien die Fließrichtung der Vorstellungskraft. Nehme die Bilder von außen und verwechsle diesen Vorgang mit einer inneren Idee. Ege verwechsle sogar sich selbst mit seinen Ideen. Ege lebe in einer Vorstellung. Medien, Medien, ts, ts.

Das Kind erinnert sich an die abschätzigen Mundwinkel der Mutter. Sie mag keine Medien. Sie mag es, wenn die Vorstellungskraft von innen herausfließt. Das Kind will die Mutter nicht enttäuschen. Wenn der Engel nochmal erscheinen könnte, vielleicht hier zu Hause und nicht drüben bei den Nachbarn mit den gefährlich vertauschten Medien, könnte es ihn der Mutter zeigen.

Sie werde nachher die Augenärztin anrufen, wegen dem verschwommenen Sehen bei Ege, tröstet die Mutter das Kind, das still und konzentriert die Diaaufsätze in seiner Schatulle umsortiert. Da könne man was machen.

Doch das Kind ist verstummt. Um wieder zu beleben, hievt die Mutter einen riesigen Bildband aus dem Regal, setzt sich damit neben das Kind in den Gipsstaub und schlägt ihn auf. Da lässt das Kind von der Schatulle ab und schiebt seine Beine auch unter den schweren Buchdeckel. Behutsam blättert es die sperrigen Seiten um.

«Wir müssen sorgfältig sein, zwischen den Seiten leben muskulöse Gestalten», raunt die Mutter.

«Wer sind sie?», fragt das Kind andächtig.

«Griechische Gottwesen», erwidert die Mutter «hier schau, das ist Persephone, und der mit der Heugabel neben ihr im Streitwagen ist Hades, der Gott der Unterwelt.»

«Sind sie Bauern?», will das Kind wissen.

Die Mutter lacht auf. «Wegen der Gabel? Nein, das ist ein Zweizack. Ein Symbol der Macht. Aber aufgabeln kann man damit bestimmt gut. Alles Mögliche ...», fährt die Mutter fort und blättert nochmal um, «... und hier sind Persephones Töchter, die Racheengel. Sie sind nicht einverstanden damit, dass Hades ihre Mutter genommen hat. Ohne sie zu fragen. Sie kommen, um sie zu rächen. Siehst du? Tisiphone schwingt die Fackel des Wahnsinns»

Die Mutter macht große Augen. Das Kind auch. Es gibt also doch Engel. Aber nun müsse sie weitermachen, löst sich die Mutter. Sie überlässt dem Kind das Buch, klopft sich den Gipsstaub von den Schenkeln und setzt die Kopfhörer wieder auf.

Das Kind fühlt sich angenehm beschwert von dem großen Buch und studiert die Bilder genauer. Bei den Gottwesen sind die Ränder und Kanten klar umrissen. Die Gefühle stehen starr und still in ihren Gesichtern. Entsetzen. Sorge. Verwirrung. Wut. Das Kind liest die Gefühle. Es kann sie erkennen. Aber die Namen, die die Mutter genannt hat, liegen fremd auf der Zunge. Die Frau im Buch drischt mit einem Feuer auf den liegenden Mann ein.

«Wie heißt sie?», fragt das Kind leise ins Atelier.

Bestimmt kennt der Engel, den es bei Ege gesehen hat, die Racheengel persönlich. Vielleicht kann er ihm mit den komplizierten Namen der Gottwesen helfen? Aber es kommt keine Antwort. Gedämpfter Gesang dringt durch die Kopfhörer der Mutter. Wenn es die Stimme etwas verstellt, kann das Kind sich selbst antworten.

«Das ist meine Mutter», sagt es mit tiefer Stimme, «sie heißt Tisifee.»

Es klingt richtig. So würde der Engel sprechen. Schnell blickt das Kind auf, doch die Mutter ist ihrer Figur zugewandt und summt zur Musik. Es blättert zurück und legt den Finger auf die Heugabel.

«Und was ist das?», fragt es, um den Engel weiter anzulocken.

«Das ist mein Zweizack. Für die Rache. Ich komme nun und mache Rache.»

Das Kind muss niesen. Gipsstaub wirbelt auf, das Kind reibt ihn sich vor Aufregung in die Augen. Jetzt ist es so weit. Der Engel kommt. Mühsam reißt das Kind die brennenden Augen auf. Da kniet der Engel schon auf der anderen Seite des Buchs. Ein kleiner Laut entfährt dem Kind, aufgeregt winkt es der Mutter unter den Kopfhörern. Sie winkt lächelnd zurück, legt eine neue Kassette in ihren Walkman ein und wendet sich wieder ab. Sie sei noch hier, alles gut, ruft sie etwas zu laut über die Schulter.

«Hier spielt die Musik», grinst der Engel, «mach dir nichts draus. Du siehst mich ja, das ist schon mal ein Anfang.» Er bläst etwas Gipsstaub vom Zweizack und tippt mit seinem Finger auf die Zehen des Kindes, die unter dem Buchrücken hervorragen. «Schöne Füße.»

Er hat recht. Das Kind ist froh, ihn zu sehen. Endlich kann es ihn in Ruhe anschauen. Von Eges Film waren ihm einzig die grellen Flecken seiner Flügel geblieben. Jetzt kann es die Flügel nur erahnen, die schmalen Schultern des Engels ragen aus den Armlöchern einer zu großen, schwarzen Lederweste. Darunter schimmert bleiche Haut. Das Kind weiß vor Ehrfurcht nicht, wie anfangen. Blickt wieder ins Buch.

«Warum schlägt deine Mama mit dem Feuer auf den Mann? Ist sie wütend?»

«Ja, meine Mutter ist oft zornig ... Sie heißt Tisifee. Sie schwingt die Fackel des Wahnsinns.»

Beeindruckt nickt das Kind. Logisch? Logisch. Der Engel nickt auch. Sie verstehen sich.

«Sie ist ein Racheengel. Sie gießt auch Gift aus dem Krug», ergänzt der Engel.

Das Kind mustert ihn genau. Vergleicht mit dem Bild im Buch. Schlangenhaar und wehendes Gewand. Der Engel sieht seiner Mutter nicht besonders ähnlich. Außer dem Zweizack hat er nichts Auffälliges und auf dem Kopf normales Haar.

«Na, schau nicht so dumm, ich bin Tisifees Tochter. Denkst du im Ernst, ich trage noch Schlangen auf dem Kopf? Das ist mir zu altmodisch. Ich bin doch nicht von gestern! Und die Lederweste habe ich mir bei Ege genommen. Steht mir gut, oder?» Kichernd blättert der Engel eine Seite um. «Hier schau. Der hier mit dem Zweizack, das ist mein Opa. Er ist der Gott der Unterwelt. Er heißt Alles. Und hier neben ihm im Streitwagen meine Oma. Sie heißt Petersilie.» Der Engel gluckst. «Und welche Namen kennst du?»

Das Kind überlegt. Es kennt die Namen der Nachbarn, Ege und Gisela. Im Radio kommt manchmal Madonna. Und wenn im Dorf Schnee fällt, spielen die Holzhütten neben der Talstation beim Sessellift den Schlagerhit vom Anton aus Tirol. Und alle rufen mit. An-ton, An-ton, An-ton! «Er ist so schön und auch so toll. So wild und auch so stark», sagt das Kind.

«Auch?», fragt der Engel und flattert mit den Wimpern.

Das Kind errötet. Der Engel ist wirklich schön und toll und bestimmt auch stark.

«Dieser Anton ist wohl auch eine Art Gott. Wir können ja sagen, mein Opa heißt Anton, statt Alles. Anton, der Herrscher über die Unterwelt», verkündet der Engel.

Das Kind ist dankbar, dass der Engel etwas Ordnung schafft mit den Namen.

«Hast du auch Großeltern?», will der Engel wissen.

Das Kind nickt. Die Großmutter, die in winzigen Schrittchen mit dem Rollator die Türschwelle überwindet. Die die Sohlen der Hausschuhe mühsam über den Bast der Fußmatte bewegt, ohne Widerstand, ohne Dreck. Die Großmutterfüße haben diese Bewegung gelernt. Die Bewegung wird ausgeführt, obwohl kein Schmutz mehr ist. Der Großvater, der in der Windjacke im Sessel sitzt und auf sie wartet. Seine unruhigen Handflächen gleiten über den Hosenstoff auf den Oberschenkeln vor und zurück. Machen ein Geräusch wie Windrauschen.

Das Kind betrachtet im Buch die großen Handflächen des Gottes Anton, die auf der Schulter und dem Knie der zusammengesunkenen Engeloma liegen.

Der Engel bemerkt den skeptischen Blick des Kindes. «Mein Opa hat meine Oma ... genommen», sagt er. «Also, sie hat nie wirklich Ja gesagt. Er hat gedacht, wenn sie nichts dagegen sagt, kann er sie haben. Deshalb ist die Oma so schwermütig. So schwermütig, dass der Regen gefriert und als Schnee vom Himmel fällt. Aber das ist auch altmodisch. Das waren andere Zeiten. Jetzt habe ich den Zweizack. Tempi passati», schließt der Engel und klappt mit einem Knall das Buch vor der Nase des Kindes zu. «Sag mir lieber, wie du heißt.» Fragend blickt der Engel über den Rand des Buches, das er zwischen sich und dem Kind auf der Kante balanciert. «Na?» Er formt mit Daumen und Zeigefinger beider Hände ein Viereck, stützt die Handballen auf der Buchkante auf, kneift ein Auge zu und nimmt das Kind durch das Viereck ins Visier. «Wer bist du?»

Im Kind hält plötzlich alles still. Es weiß auf einmal nicht, wer in welche Richtung guckt. Es selbst blickt durch den Rahmen der Engelfinger in dessen Auge, in seiner dunklen Pupille aber blinkt ein roter Punkt, der unmöglich zum Atelier der Mutter gehört. Der blinkende Punkt gehört zu Eges Filmgeräten, deren Augen nach einem Bild suchen, aus dem sie sich ein Stück herausschneiden können. Das Kind spürt wieder, wie das fehlende Gefühl, das durch den Schnorchel entwischt war, im Wolkenmeer schwebt, im Fluss mittreibt, aber nicht bei ihm ist. Die Warnungen der Mutter. Dass es jetzt schon anfängt. Dass alles verschwimmt, wegen der Medien.

Der Engel hat inzwischen den Bildband wieder ins Regal geräumt. «Mach dir nichts draus, kleiner Frosch», tröstet er und setzt sich, seinen Rücken an den Rücken des Kindes gelehnt, zurück auf den Boden. Das warme, atmende Gewicht gibt dem Kind wieder Halt.

«Ich bin die Tochter vom Racheengel Tisifee. Ich bin so schön und auch so toll wie der Anton. Ich bin dein Engel. Und dich nenne ich einfach … Unke.»

Mit den gemeinsamen Atembewegungen kommt etwas Ruhe ins Kind. Der Engel ist da. So stark und auch so wild. Es selbst ist auch da.

«Atme Luft in die Schulterblätter und halte dich am Zweizack fest», rät die Engelstimme, «du kannst auch die Augen schließen.»

Ein Rascheln reißt das Kind aus der Versenkung. Ist der Engel weggeflogen? Die Mutter breitet ein dünnes Plastik über die angebrochenen Tonblöcke. Das Kind tastet hinter sich ins Leere. Der Engel ist weg.

SEHSCHWÄCHE

Die Eichhörnchen seien doch sowieso da, in den Baumwipfeln. Auch wenn sie nicht gesehen würden. Sie verstecken sich. Ob die Augenärztin denn das nicht wisse?

«Solche Kinder sind prädestiniert», bemerkt die Augenärztin. Sie könnten zwar nichts erkennen, wüssten aber bereits, was sie erkennen müssten. Das fehlende Sehvermögen werde einfach durch Behauptungen kompensiert. So könne eine Kurzsichtigkeit jahrelang unbemerkt bleiben.

Der Vater macht irgendwo im Dunkel der Praxis ein betretenes Ach-ja-so-mhm-Geräusch. Er selbst hatte dem Kind die Eichhörnchen erklärt. Ob es sie tatsächlich sehen kann, das zu überprüfen war ihm entfallen.

Die Augenärztin rollt auf ihrem Drehhocker wieder auf das Kind zu. Wie viele Beine denn Eichhörnchen hätten? Das Kind überlegt angestrengt. Vielleicht vier? Oder sechs, wie ein Maikäfer. Oder doch zwei? Wie Raben! Raben wohnen auch in den Baumwipfeln. Zwei Beine. Und Federn, legt es zur Sicherheit nach.

Eine große Apparatur mit Stangen und Linsen kommt von der Decke geschwebt. Es solle jetzt Kinn und Stirn an die Stütze des Geräts legen. Dann werde das Kind bald nachzählen können bei den Eichhörnchen. Kleine Lichter blitzen aus den Gucklöchern.

Die Augenärztin will wissen, was das Kind im Inneren sieht. Das Kind fragt sich, wozu es alles aufsagen muss, die Ärztin guckt doch von der anderen Seite selbst ins Gerät. Und so viel ist da drin auch gar nicht.

«Eine lange gerade Straße, bis zum Ende der Welt», murmelt das Kind durch die Zähne. Es kann den Mund nicht weit aufmachen, da sonst die ganze Welt im Gerät verwackelt.

«Was noch?», kommt es von der anderen Seite.

Grüne Felder und ein Fluss. Strommasten. Keine Eichhörnchen. Kein Engel. Das Kind ist etwas enttäuscht von dem Gerät. Die langweilige Landschaft löst sich surrend auf. Was wohl jetzt kommt? Das Kind schluckt gespannt. Doch im Gerät nimmt exakt dieselbe Welt wieder Gestalt an, immer noch dieselbe Straße, dieselben Felder, derselbe Fluss.

«Etwas besser?», fragt die Ärztin nach.

Das Kind findet, es sei doch immer noch ziemlich dasselbe.

«Ganz dasselbe?»

Der Vater räuspert sich dumpf. Das Kind würde der Ärztin und dem Vater gerne etwas Außergewöhnliches von der Welt im Inneren des Geräts berichten. Es denkt nach. Die Ränder der Guckvorrichtung drücken hart gegen die Augenhöhlen. In dem Gerät befindet sich nicht viel. Das Wenige, was dort ist, ist sehr gerade. Der Fluss, die Straße, die Ränder der Felder, die Strommasten, alle leben sie in graden, langen Linien. Die Linien neigen sich dem Ende der Welt zu, ohne dabei krumm oder schief zu sein. Auch das Ende der Welt ist eine Linie. Nichts ist krumm, nichts ist anders. Das Andere ist zwar nicht da, aber es könnte da sein. Ein Hirsch zum Beispiel, oder ein Auto. Und wenn sein schöner, starker Engel da wäre, würde das Kind ihn auf jeden Fall sofort bemerken.

Das Kind ist abgedriftet. Die Augenärztin trägt die Dioptrien und den Grad der Hornhautverkrümmung in ein schmales Formular ein. Sie würden bestimmt eine tolle Brille finden im Optikergeschäft. Heute gäbe es ja dank Kunststoffgläsern auch für höhere Korrekturen sportliche Modelle. Sport? Brille? Das Kind wacht auf. Es hat in einem Magazin bei der Großmutter einen interessanten Skispringer mit Brille gesehen. Es ahnt tief in sich, dass Liebe bedeutet, selbst ein ähnliches Brillenmodell wie dieser Skispringer zu tragen.

Beim Abendbrot formt das Kind aus Zeigefingern und Daumen zwei Löcher, schaut hindurch. Bald wird es den Engel wiedersehen. Mit der Brille. Die Eltern rätseln, von wem das Kind die Sehschwäche haben könnte. Der Vater sagt, vermutlich von der Mutter, die Mutter meint, sie könne eigentlich nur vom Vater stammen. Sie schieben es eine Weile zwischen sich hin und her.

«Also wenn das nur die Augen sind ...» Die Mutter streicht mit der flachen Hand über die Tischplatte, wischt etwas Unsichtbares weg. Besser auch nochmals zum Heiler. Nicht? Das Kind starrt ins Rosa seines Sirups. Oder nicht? Die Mutter blickt zwischen dem Kind und dem Vater hin und her.

«Da ist doch was Seelisches!», protestiert die Mutter gegen das Schweigen ihrer Familie an. Die Mutter, allein auf der stillen Lichtung. Vater und Kind, die scheuen Vernünfte, haben sich in ihr Unterholz zurückgezogen.

ENTTÄUSCHUNG

Im Schummerlicht seines Zimmers inspiziert das Kind seine Beine auf vernarbte Mückenstiche. Sie werden alle aufgekratzt. Das Blut muss wieder und wieder abgetupft werden, immer ein neuer Fleck entsteht auf dem Taschentuch, es wird gefaltet und gewendet, bis es ganz mit Blutflecken übersät ist. Manche Tropfen sind so groß, dass sie durch mehrere Taschentuchlagen durchdrücken und beim Auffalten in gespiegelter Form anderswo wiederzufinden sind. Das ist doch etwas. Einfach und schön. Nicht wie das enttäuschende Nichts im Gerät der Augenärztin, das sich mit großer Ankündigung auf seinen Kopf abgesenkt hatte. Stolz hält das Kind das aufgefaltete Taschentuch gegen das spärliche Licht des Fensters. All diese Blutstropfen hat das Kind selbst hervorgebracht, um dieses Taschentuch damit zu veredeln. Manche verfärben sich schon bräunlich, trocknen ein, die Frischeren sind noch leuchtend rot. Das Kind kramt ältere Taschentücher aus seiner Schatulle hervor, faltet sie auf und vergleicht das Werk. Einige hat es zu früh zusammengefaltet, die Lagen kleben aneinander, die großen Blutflecke reißen ein. Die älteren Werke sind kein Vergleich. Sie sind aus den Blutflecken früherer Mückenstiche hervorgegangen. Sie sind Schnee von gestern. Das Kind behält sie trotzdem. Viel Blut, viel Mühe. Es verfolgt mit den Augen ein Stäubchen, das im muffigen Licht des Zimmers schwebt. Es muss sich nicht schämen. Das Zimmer wird sein Geheimnis bewahren. Behutsam werden die Taschentücher in der Blechschatulle verstaut. Das Kind fühlt sich gestärkt durch das Blutopfer.

Es kramt den Kassettenrekorder hervor. Das Mikrofon baumelt bereits vom Fenstergriff. Das Kind erzählt vom vernünftigen Hirsch Andreas. Es muss niesen. Andreas hat Schnupfen, Andreas muss sich schnäuzen. Da muss das Kind an seine blutigen Taschentücher denken und verstummt ertappt.

Die Kassette surrt, eine Stille breitet sich vorwurfsvoll aus. Der Rekorder wartet auf die Geschichte. Das Kind versucht, sich nicht hetzen zu lassen und die Geschichte mit dem verschnupften Hirsch zu begreifen. Es spielt sie mit zwei Plüschtieren auf dem Zimmerboden nach. Soll dem vernünftigen Hirsch nun eins der blutigen Taschentücher angeboten werden? Oder wäre das unvernünftig? Das Kind denkt angestrengt nach. Das Geheimnis der Taschentücher darf niemals ans Licht kommen. Zu behaupten, kein Taschentuch zu haben, wäre aber gelogen. Dem Kind wird heiß vor Aufregung. Das wird die spannendste Geschichte seit Langem, ist es überzeugt.

Es schnauft konzentriert. Wird der Hirsch das Geheimnis des Blutopfers ausplappern? Es ist sehr unhöflich, einem edlen Hirsch mit tropfender Nase nicht zu helfen. Prüfend fixiert es den Hirsch. Unmöglich, ihn einzuschätzen. Jetzt fängt er auch noch an zu husten. Das Kind wirft einen unauffälligen Seitenblick auf die Blechschatulle. Der Hirsch aber hat den Blick bemerkt. Fragend schaut er zwischen dem Kind und der Schatulle hin und her. Er räuspert sich. Vor Spannung zerreißt das Kind fast. Es zieht die Schatulle zu sich heran, legt die Hand auf den Deckel und nickt dem Hirsch eindringlich zu.

Mit einem plötzlichen Klacken schnellt die REC-Taste des Rekorders hoch. Das Kind fliegt vor Schreck fast in die Luft. Die Kassette ist zu Ende. Gespannt spult das Kind zurück. Das muss eine faszinierende Geschichte geworden sein, schaudert es erwartungsvoll. In Lauschhaltung auf einem Stühlchen vor dem Rekorder drückt es PLAY.

Es raschelt im Gerät. Gleich wird der Hirsch kommen.

Aber nichts ist zu hören. Gelegentlich ein Schniefen. Dann niest jemand. Ist er das etwa, der Hirsch? Das Kind hört sich selbst schnaufen. Hat der Rekorder etwa die ganze Zeit nur dieses Schnaufen aufgezeichnet statt der spannenden Geschichte mit dem Hirsch? Es legt das Ohr dicht an den Lautsprecher, aber es kann die Geschichte nicht hören. Dabei hatte es sie doch erlebt. Das Rauschen der leeren Kassette dröhnt in seinen Ohren.

Schnell drückt es auf den doppelten Pfeil, malmend wickelt der Rekorder das Ungesagte wieder zurück, mit zitterndem Finger drückt das Kind wieder REC.

Bebend überlegt es sich, wie es den Rekorder beleidigen

könnte. Es spuckt und hustet laut. Gelangweilt hängt das Mikrofon an seinem Kabel herunter. Das Kind bespuckt es mit voller Kraft. Dazwischen muss es Luft holen und husten und Spucke sammeln. Dieses ungeduldige Schnappgeräusch, wenn die Kassette zu Ende ist, und dann der Hohn. Deine Geschichte wurde nur erlebt, nicht gehört. Das wird sich das Kind nicht mehr bieten lassen.

Das Spucken befreit das Kind. Es kann dem Kassettenrekorder seine Gefühle nicht in Worten erklären. Dieses Spucken ist der bessere Weg. Das Gerät will schöne Märchen hören oder liebliche Lieder, aber es wird nur Spuck- und Rotzgeräusche kriegen.

Erschöpft fällt das Kind zurück auf dem Spannteppich. Das Band ist zu Ende. Es legt die bespuckte Kassette zu den Taschentüchern in die Blechschatulle.

Auf den Zehenspitzen steht das Kind am Zimmerfenster und atmet ans Glas. Dort, unterhalb der Böschung, das Haus der Nachbarn. Giselas Jalousien stehen stets offen, damit Sonne und Ferne hereingelangen. Eges Jalousien bleiben geschlossen, wegen der Projektoren und Bildschirme. Die Projektoren können kein großes Licht machen wie die Sonne. Deshalb sperrt Ege ihr Licht aus. Er sitzt im ewigen Dämmerlicht seiner Wohnung und lässt sich seine Geschichten vorspielen. Eges Geschichten auf Eges Videokassetten sind Medien. Medien, Medien, Medien, flüstert das Kind, die Lippen am kühlen Fensterglas. Vielleicht hätten Eges Kassetten die verlorene Geschichte festhalten können. Mit Ton und Bild, Bewegung und Stillhalten. Der Hirsch Andreas auf den Medien. Beim Engel.

«Und ich?», fragt das Kind, drückt die Nase ins Kondenswasser seines Atems und horcht, ob der Engel etwas sagt. Aber er sagt nichts.

«Ich», fährt das Kind fort, «ich habe keine Medien. Nur die gemeinen Tonbandkassetten, die den Atem stehlen.»

Das Kind schaut durch das Guckloch seiner Atemwolke. Ege hat sich vor dem Haus auf der Terrasse mit der Sonnenliege installiert. Das Kind nimmt den langen, offiziellen Weg zum Nachbarshaus. Es hat offizielle Fragen.

«Etwas ist im Licht, etwas ist im Dunkel», erklärt Ege dem Kind. «Das Licht allein macht das Bild zum Bild, und allein das Dunkel ist empfindlich genug, sich dieses Bild einzuprägen. Wie beim Kopf. Vorne kommt das Licht durch die Augen herein, und im dunklen Inneren werden die Bilder aufbewahrt.»

Das Kind befühlt mit den Fingern seinen Kopf, legt die Daumen auf die Hügel hinter den Ohren, drückt probehalber auf diese Körperknöpfe. Die Kamera ist ein zweiter Kopf, den man vor sich herträgt? Und die Kassetten das Gedächtnis der Kamera?

«So ist es», sagt Ege. Er persönlich wolle die Bilder nicht ständig in seinem ersten Kopf haben. Zwar jederzeit abrufen, aber schnell wieder vergessen. Und einen Wein wolle er.

Das Kind versteht. Es wünscht sich auch einen zweiten Kopf. Den könnte es den Eltern in die Hand geben, um sie umzustimmen. Wegen der Medien. Und wegen des Engels. Die Eltern sollen durch seine Augen blicken, den Engel sehen und es verstehen.

«Warum wollen die Eltern keine Bilder verstehen?»

Eges Wein ist bereits in Ege verschwunden. Er schlägt die nackten, braungebrannten Beine übereinander und starrt auf seinen Fuß.

«Weil ihre Stirnen zu eng sind. Nur wenig gelangt hinein. Und spärlich Platz dahinter.»

Der Kopf des Vaters: zugestellt mit Pflanzen, Tieren und

Tabellen. Und die Mutter wolle lieber Bilder aus ihrem Kopf herausschaffen. Andere Richtung. Ein äußeres Material beleben und ihm die Form einer Vorstellung geben. Ein antikes Künstlerbild verfolge die Mutter da noch immer, pafft Ege. Neuerdings sei man selbst untrennbar Teil seiner Medien, denn die Bilderkörper formen die Körperbilder und umgekehrt. Die Mutter mit ihrer Bildhauerei – das Wort allein! – hätte ein sehr eindeutiges Machtverhältnis zu ihrem Material. «So was gefällt Gisela.» Ege deutet hoch zum Balkon.

Das Kind legt den Kopf in den Nacken und lässt den Blick an der Hausfassade hochgleiten. Durch seine Augen fällt das Bild zweier Gipsfiguren auf Giselas Balkongeländer und trifft im Inneren des Kopfs auf dasselbe Bild, dieselben Körper und Mutters Hände, die sie formen.

«Wirklich!», ruft das Kind laut.

Ege bläst grinsend Rauch aus der Nase. Die Gipsfiguren sind aus dem dunklen Inneren des Mutterkopfs ans Licht und auf das Geländer von Giselas Balkon gestiegen. Oben bei den Figuren geht Gisela auf und ab und telefoniert. Sie arrangiert einen Urlaub im Tessin. Gisela schwebt fast vor Freude.

«Sie liebt potenziell alles in der Ferne», erklärt Ege dem Kind. Er ergründe lieber das Potenzial des Fernsehens als das Potenzial der Ferne. «Wollen wir in die Weiten des Röhrenbildschirms schauen und uns von der Aussicht berauschen lassen?»

Das Kind nickt glücklich.

«Nehmen wir also den Hintereingang», beschließt Ege und erhebt sich von der Sonnenliege.

Medien, Medien, Medien, flüstert das Kind leise bei sich im Rhythmus der Treppenstufen. Über die inoffizielle Tür betreten sie Eges abgedunkelte Wohnung.

«So viel Ferne, wie das Fernsehen liefert, wird Gisela in der ganzen Welt nicht finden», lacht Ege. Giselas Schritte sickern von oben herab, gelegentlich ein erfreuter Ausruf. Besorgt schaut das Kind zur Decke.

«Mobilitätsneurose», sagt Ege. «Unerträglich, ein Zustand.»

Das Kind versteht nur Rose. Die Rosen im Garten vom Königsschloss Frankreich. Rosen passen zu Giselas Zustand. Gisela raunt oben hinter vorgehaltener Hand alle möglichen Bezeichnungen für Eges Zustand ins Telefon.

Ege spult die Videokassette zurück und schenkt sich Wein nach. Menschen, Wiesen und Kirchtürme hoppeln vorbei, grellweiße Blitze zerreißen sie und treiben sie vor sich her, rückwärts durch die Zeit.

«Das überschüssige, weiße Licht zwischen den Bildern ... Ordnung und Trennung», murmelt Ege wie zu sich selbst und öffnet eine neue Flasche Wein. Eine Ahnung beschleicht das Kind.

Ob Ege den Engel auch wiedergesehen habe, fragt es vorsichtig. Ob er vielleicht in diesem weißen Licht sei?

Eges Gesicht, eine Maske im Licht des Fernsehers, scheint nach innen zu blicken. Schweigend schwenkt er den Wein im Glas hin und her.

«Der Engel hat auch den Zweizack vom Gott Anton», versucht das Kind Ege zu beeindrucken. Wie eine Heugabel, aber mächtiger. Und die wütende Mama vom Engel heiße Tisifee. Und alle seien schön und toll wie im Schlager, nur es selbst heiße klein. Unke nämlich. Dieser Name habe der Engel ihm gegeben.

Erwartungsvoll hält das Kind inne. Doch Ege reagiert nicht, lässt bloß weiter den Wein kreisen.

Der Engel trage Eges schwarze Lederweste, sie müssten sich doch kennen, bohrt das Kind nach.

Eges Mundwinkel zuckt unwillkürlich.

Das Kind überlegt. Vielleicht hatten sie Streit. Der Engel habe die Weste wohl bei Ege genommen, ohne zu fragen, nickt es verständnisvoll. Der Gott Anton habe die Großmutter des Engels auch einfach genommen, ohne zu fragen. Aber es selbst habe noch viele Fragen, sprudelt das Kind, zum Beispiel, was die Rache sei und wie man sie mache? Mit dem Zweizack vielleicht? Aber wie genau? Schubsen oder Stechen?

Ege atmet lange ein, der Wein im Glas kommt zur Ruhe, aber die Hand zittert leise.

Ege müsse sich nicht sorgen, der Engel sei wild und stark. Und toll, doppelt das Kind nach.

Hält Ege die Luft an?

Da endlich öffnet er den Mund, deutet zum Fußende des Bettes. Ob der Kater dem Kind heute auch besonders dunkel vorkomme? Dessen schwarzer Schwanz streicht um den Fernseher. «Kaum auszumachen, was?», schiebt Ege verschwörerisch nach, als das Kind sich umsieht.

«Trägt der Engel deine schwarze Weste auch, damit wir ihn hier nicht sehen, in deinem Dunkel?», fragt das Kind und schaut unters Bett.

«Schwachsinn!», entfährt es Ege.

Erschrocken wendet das Kind sich nach ihm um. Schnell bringt Ege seine Stimme zur Vernunft, nimmt einen Schluck Wein.

Zu Hause beim Kind seien doch gar keine schwarzen Kleidungsstücke erlaubt. Wie solle seine Lederweste – dort drüben. Es fehle doch jeglicher Zusammenhang bei dem Engel, den das Kind sich da zusammenfantasiert habe. Es solle mal nachdenken, logisch.

Die Scham fährt dem Kind in die Wangen. Der falsche Zusammenhang hängt sich schwer an seinen Nacken. Es senkt den Blick. Ege hat recht. Zu Hause ist die Farbe Schwarz ein Feind. Die Mutter bevorzugt Blau- und Violetttöne. «Am Vater gefällt ihr Gelb», murmelt es betreten und versucht, die vorbeizuckende Schwanzspitze des Katers zu erwischen.

Erleichtert über die gelungene Ablenkung lässt sich Ege in die Kissen zurücksinken. Hier erfindet er die Geschichten, nicht andersrum.

Im Kater stecke noch sein toter Vorgänger mit drin, ebenfalls schwarz, fabuliert Ege. Er sei ein Wiedergeborener, wenn nicht gar ein Wiedergänger. Und sei somit doppelt so schwarz wie ein einfacher schwarzer Kater.

«Logisch», sagt das Kind. Immer wenn es logisch sagt, lacht Ege. Er soll wieder lachen, wie ein heiserer Vogel. Logisch, logisch, logisch, will das Kind sagen, und vielleicht würde Ege dann auffliegen.

ABBILD

Gisela lässt ihren Blick zwischen den zwei Gipsfiguren auf ihrem Balkongeländer hin- und hergleiten. Innen und Außen stehen sich gegenüber. Dahinter, weit unten im Tal, die Ebene, der Fluss, grün, grau, öde, füllt den Raum zwischen Innen und Außen auf.

Ege hatte die beiden so benannt. Innen schaut ungläubig von unten herauf, Außen steht in Siegerpose, lang und erhaben. Beiden sind nach dem Erstellen der Abgussform die Arme abgefallen. Diese erste Geburtshülle war nicht stabil genug gewesen. Die Nachbarin hatte die Armlöcher in der Abgussform gestopft und die Figuren noch versuchsweise in Gips gegossen aber ihr armloser, ungefährer Ausdruck befremdete sie bald. So hatte sie die beiden zu den übrigen fehlerhaften Gebilden gestellt, die vor ihrem Atelier in die Witterung ragten.

Damals war Ege noch zu kurzen Spaziergängen zu bewegen gewesen. Sofort hatte er die armlosen Figuren entdeckt und Adoption angemeldet. «Fehlende Arme! Unsichtbare Gestik! – Ein wunderbarer Interpretationsspielraum!», hatte Ege ausgerufen, und auch Gisela empfand, dass man die unfertigen Gestalten aufnehmen solle. Innen und Außen. Die beiden Gipsfiguren waren ab da der metaphorische Körper, ein verdinglichtes Sinnbild von Ege und Giselas Liebe gewesen. Ege sah sich in der gebückten Figur, Innen, getroffen. Ein tiefschürfender Denker, der nur selten den Blick von seinem Lebenswerk hebt. Gisela erkannte sich selbst im stolzen und aufrechten Außen, das dem Wetter trotzt.

«Wir müssen uns die Außenwelt vom Leib halten, Grillen und Schwätzer», sagte Ege. Nichts verstünde die Außen- von der Innenwelt. Vom Lebenswerk. Das volle sinnliche Potenzial der Revolution werde er mit seinem Lebenswerk aktivieren. Mit Bildtheorie und historisch informiert die Prüderie der Außenwelt vernichten. Sie würden sich die Münder zerreißen, dabei lechzten sie doch nach dem Aufruhr im Sex. Also wandte Gisela dieser schwatzhaften Außenwelt ihr lächelndes Gesicht zu – dem Wetter, den Fragen, den Rückschlüssen. Seit sie das Haus gekauft hatten, wurde auf der Post und im Dorfladen gern gefragt, was denn Ege da eigentlich vorhabe. Mit der Medientheorie und der philosophischen Praxis. Hier habe man wenig Bedarf. Ob man so einen Lebensunterhalt verdiene? Mit Videokassetten und Denkstuben? Ob Ege und das Lebenswerk nicht besser in Berlin geblieben wären. In seiner frivolen Kommune. Man sähe keinen Zusammenhang. Gisela strahlte und lächelte alles weg, obwohl auch sie immer weniger Zusammenhang sah. Die Utopie war längst verflogen, die entfesselte Triebhaftigkeit im Kommerz statt im Sozialismus geendet. Aber hatte Ege nicht ein Recht, weiterzudenken? Zu hoffen? Gisela verstand selbst kaum, warum sie als Einzige zu ihm hielt. Ideologisch und seelisch, trotz all dem Gegenwind. Glauben wollte, Eges intellektueller Durchbruch sei nahe. Und Ege? Versank, über die von Außen angezweifelten Zusammenhänge gebückt, in seinem Innenraum. Murmelte von Körpern, die als Bilder mit den inneren Bildern der Körper außerhalb der Bilder verschränkt seien, sich bald schon im Lebenswerk übereinanderlegen würden. Bald schon. Sie, Gisela, solle sich nur um die materiellen Körper, die Gipsfiguren, das Geschwätz im Dorf und so weiter kümmern. Ege hob immer seltener den Blick, um ihre An- oder Abwesenheit zu überprüfen. Richtete sich im Windschatten ihrer Verantwortung ein. Aber was ging hinter ihrem Rücken vor?

Gisela hofft längst auf keine vernünftige Antwort mehr. Hofft nur noch inständig, dass Eges Lebenswerk bald irgendeine Form annehmen würde, die für sich spricht.

Gisela versucht, sich an die Vorteile dieser Einrichtung zu erinnern. Fixiert die Mimik der gebückten Figur. Die Verwunderung ihres Ausdrucks scheint ins Unermessliche zu wachsen. Hatten Ege und sie ihre Sinnbilder seit jeher verkehrt herum ausgelegt? Ähnelt nicht eigentlich Gisela der von stetiger Organisation und Vermittlung buckligen Figur?

Immer öfter steht sie trotz Bewegungsradius und Freiraum ratlos auf der Türschwelle ihrer Beziehung, drinnen füllt Ege den frei gewordenen Raum mit Bildern, Wein und wilden ästhetischen Überlegungen auf. Früher verreiste Gisela noch, um Ege zu fehlen. Heute verreist sie, weil alles

Ferne und Fremde ihr behaglicher ist als Eges verwegene Denkräume mit den immer neuen Möglichkeitssphären.

Nach seiner unverhofften Rückkehr aus Berlin war sie stolz gewesen. Ege, der um alle bürgerlichen Denkschranken erleichterte Theoretiker, dessen unzähmbares Lustprinzip die revolutionäre Botschaft von der Großstadt in die kleine Schweiz brachte. Er schreckte ihren Freundeskreis mit den radikalsten Ansichten auf, forderte stets konsequente Promiskuität. Gisela schauderte klammheimlich erfreut über das Entsetzen in den Gesichtern ihrer verklemmten Kameradinnen. Als sie selbst unter der Lust, die Ege ihnen beiden als Maßnahme gegen die bürgerliche Ordnung verschrieb, zu leiden begann, war es schon zu spät. Die Freiheitsbewegung war in eine weitere Falle gemündet. Der Rückzug in die Berge, die immer selteneren Besuche der Kameradinnen, das gemeinsame Haus, geschmückt mit Symbolen, am Abhang.

Giselas Blick irrt zwischen den angrenzenden Grundstücken hin und her. Alles Elternhäuser, denkt Gisela verächtlich.

Sie denkt an ihre Väter, seinen und ihren. Pedantische Monster, die Reißzwecken aufs Tischtuch neben die Teller legten. Die die kleinste abweichende Lebendigkeit der Familie zusammenherrschten, mit hochrotem Kopf und dicker Schlagader am Hemdkragen. Die ohne Umschweife zuschlugen im Namen der Sittlichkeit. Das sittliche Schweigen der Mütter. Die Verzweiflung der Töchter. Ihre Verzweiflung, die sie im Gewühl der politisch motivierten Körper oft hinunterkämpfen musste, um sexuell befreit zu sein. Trauer steigt in Gisela auf. Sie hat mit allen und allem gebrochen. Doch auch die Wahlfamilie weist Risse auf.

Und doch kehrt Gisela immer zurück. Schon in den letzten Kurven der Dorfstraße spürt sie die wohltuende Gewissheit einer erneuten Enttäuschung. Die Enttäuschung ist verlässlich. Und auch auf Gisela ist Verlass. Sie kehrt heim, um Gewissheit zu haben. Um es gewusst zu haben. Alles bleibt sich gleich.

Und tatsächlich – Ege liegt im Bett, auf der Sonnenliege oder auf dem Sofa, im Sessel oder auf der Bank, liegt und spricht vom unendlichen Band des Möbius, der unersättlichen Schwärze der Magnetbänder in den Videokassetten, von den Körpern, deren Abbilder sich in ihn einbrennen, klagt über innere Hitze, den geistlosen Stumpfsinn des Dorfs, schimpft über den Schnee und die weißen Weiten des Nichts. Und wenn sie mit ihren Urlaubsfotos ein wenig Farbe und Freude ins Leben bringen will, verdreht er die Augen.

Gisela ahnt es. Sie selbst stellt in Wirklichkeit die verwunderte, kleine Figur Innen dar. Wenn Ege seinen Rausch ausschläft, wagt sie sich manchmal ein paar Schritte in die untere Wohnung, schleicht auf Eges offen stehenden Mund zu. Kann es nicht fassen. Dieses schwarze Loch also führt in die äußerste Außenwelt, die entlegenste aller Destinationen. Wie kann Ege über sie triumphieren? Wie, wenn er nicht Rom, Stromboli, die Alhambra und die Tuktuks von Mumbai bei sich hat, immer bei sich, im Herzen und unter der Haut?

Eine Träne fällt aus Giselas Auge in ihren Schoß und verdunstet auf dem schwarzen Stoff ihres Rocks. Wie ist das möglich? Ege blickt trotz seiner liegenden Position auf sie herab und durch sie hindurch.

In der Stille des Mittags singen Grillen. Sie hatten es immer gewusst. Dass Ege Gisela eines Tages abhängen würde, obwohl er keinen Meter zurücklegt. Die Grillen sollen zerplatzen unter Giselas Absatz, wenn sie über die Wiese davongeht.

Aber sie geht nicht. Erbittert fixiert sie die Lücke zwischen den Gipstorsos. Dort wären die Arme. Niemand hatte diese Arme je gesehen, aber sie, Gisela, hatte daran geglaubt. Sehnsüchtig aufeinander zugestreckt, durch alle Zeiten, immer, immer aufeinander zu. Aber die Arme sind nicht da. Nur der Abstand. Und in diesen Abstand hinein haben sich alle gedrängt, die besserwisserischen Grillen, das aufdringliche Nachbarskind, das halbe Dorf. Gisela möchte sie alle ohrfeigen. Ege hat recht. Nichts versteht die Außenwelt. Wenn jede Reise zurück an die eigene Türschwelle führt, ist alle Flucht umsonst. Es bleibt nur die Heimkehr zur Gewissheit. Jenseits der Schwelle warten Arztrechnungen, leere Weinflaschen und Verwaltung.

Gisela wischt sich die Tränen von den Wangen. Sieht es nun klar in den Figuren. Innen steht gebückt, weil es die Hand nach einem Koffer ausstreckt. Das ist es. Alles ist bereits enthalten und prophezeit, ins Material gegossen und wahr.

Gisela fasst sich an die Stirn, erkennt es. Sie ist es, sie selbst. Sie greift nach dem Koffer. Gaukelt Ege Sorge und Verwunderung vor, besänftigt ihn, mit einem Fuß bereits jenseits der Grenze, im Zug, im Flugzeug und Fernbus. Fast muss Gisela über ihre geniale Umdeutung lachen. Ist es nicht so? Verfügt sie als Verwalterin und Schnittstelle zur Außenwelt nicht eigentlich über alles hier? Ist sie nicht die verdeckte Herrscherin dieser Vorhölle? Gisela fühlt eine trotzige Kraft in sich auflodern. Doch! Ege und sein Treiben, egal wie hirnrissig oder trostlos, gehören ihr, Gisela. Alles hat seinen Preis. Und Gisela hatte ihn gezahlt. Die blauäugige Außenwelt wird auch noch merken, wie hoch er ist.

Und Ege? Sagt nichts, nicht Danke, nicht Bitte, nicht Auf Wiedersehen oder Bis bald. Er ist sich selbst genug, liest über den Schwachsinn der Weiber, träumt von altgriechischer Freizügigkeit und glaubt schon lange nicht mehr, dass Gisela zu etwas fähig wäre, was er, Ege, nicht schon längst erkannt und benannt hätte.

EINBILDUNG

Ege lehnt im Türrahmen des Hintereingangs und schaut dem Nachbarskind nach. Hypnotisiert vom vielen Fernsehen, wankt es über den kleinen Pfad die Böschung hoch nach Hause.

Jetzt kommt die Unruhe. Ein heißer Stich, diese Gedanken. Wohin damit? Der Denkraum, den er sich errichtet hat, droht ihn zu verschlingen. Seit seiner kurzen Unterrichtszeit an der Uni und dem Rückzug aus Berlin hat er versucht, wenigstens hier im Dorf ein Angebot zu machen. Ein Gesprächsangebot in der philosophischen Praxis. Rhetorische Behandlung, kritische Aufklärung, Medienmündigkeit, ein didaktischer Halt. Aber die Erwachsenen gingen ihren eigenen Dingen nach, hatten zu tun mit Vieh, Skiliften und Gemeindeverwaltung. Einzig das Kind der ebenfalls zugezogenen Nachbarn muss weder im Stall noch in einer touristischen Hölleneinrichtung aushelfen. Das Kind hat Zeit. Ege auch. Die Nachbarn halten erziehungstechnisch nicht viel vom bewegten Bild, das Kind ist fasziniert davon. Medien, Medien. Sein Geist ist wirr, aber wach. Das Kind ist für Ege ein Zauber.

Aber kaum zieht das Kind davon, beginnen die Zimmer zu wispern. Einzig seine theoretische Hinterlassenschaft, eine bereits viele Ordner schwere Recherche über die ge-

genseitige Beeinflussung der Körperbilder und Bilderkörper, droht von ihm übrig zu bleiben. Die weitergedachte Utopie, sein Lebenswerk. Er muss es zu Ende bringen, um sich daran festzuhalten.

Ege stolpert herum, schlägt da und dort im Halbdunkel ein Buch auf, starrt auf kritzlige Notizen, auf Zigarettenasche und die kleinen, bräunlichen Heiligenscheine der Rotweinflecken. Er kann nicht aufhören und kommt doch nicht weiter, hält schon seit Langem inne und lauscht auf ein Echo. Aus dem Dorf oder von Gisela, aus dem Mund des Nachwuchses, einer Uni, wenigstens einer Regionalzeitung.

Ein Juckreiz unter den Fingernägeln. Ege will die Gedanken aus dem Körper haben, sie ausschwitzen. Eben stand ihm eine elegante Argumentationskette vor Augen beim Anblick des Nachbarkindes. Wie es fernsah, aus sich selbst entfernt und in dieser Abwesenheit doch maximal leibhaft. Doch die Gedanken entziehen sich seinem Zugriff, sobald er sie festhalten will. Beharrlich verfolgt er sie durch die Wohnung, aber sie sind stets außer Reichweite. In der Küche stößt er mit dem Fuß gegen den Futternapf des Katers, Brekkies piksen in die Fußsohlen, er gibt auf. Trotz der Hitze überkommt Ege ein Frösteln. Alles hier arbeitet gegen ihn. Böse glimmt das Stand-by-Lämpchen des unbeschäftigten Fernsehers aus dem Schlafzimmer.

Er kehrt zum Schreibtisch zurück, sucht sein Weinglas. Er muss sich wärmen. Als er mit dem Glas zurück ins Schlafzimmer tritt, ist das Auge des Fernsehers nicht mehr zu sehen. Zigarettendunst hängt schwer im Raum. Ein Schatten atmet im Zimmer. Jemand steht zwischen ihm und dem Gerät. Ist das Kind wieder zurückgekehrt?

Der Schatten huscht zur Seite, das Auge blinkt wieder auf. Ege tastet nach dem Lichtschalter, fingert an einem Bilderrahmen entlang, etwas fällt zu Boden. Als die Fingerkuppen den Schalter finden, spürt Ege plötzlich eine stechende Kälte im Nacken.

«Grüße von Anton», flüstert eine Stimme hinter ihm. «Er erwartet dich ein Stockwerk tiefer.»

Ege hat noch nie von einem Anton gehört. Nur von Anton aus Tirol. Dieser Gott der vergnügungssüchtigen Halbtoten, die das Dorf und seine Pisten im Winter heimsuchen. Anton aus dem Schlagerhit. Ege will sich umdrehen, doch der Nacken ist versperrt, eine eiserne Klaue hat ihn fest im Griff.

«Zwecklos», kichert es hinter ihm. «Anton ist so schön. Und auch so toll. So stark und auch so schön. Und ich? Ich auch. Ich bin mit ihm verwandt. Und habe den Zweizack. Es ist eine Spezialanfertigung, aus dem Holz eines vom Blitz getroffenen Baums, mit geteiltem Ende, extra für Hälse. Damit schiebe ich Unselige über die Kante des Wahnsinns, von allein springen sie ja nicht. Deshalb habe ich den Zweizack. So muss ich sie nicht anfassen. Man stößt ihnen das gegabelte Ende in den Nacken, führt sie herum, und dann, zack!»

Wer ist dieses schwatzhafte Geschöpf? Das pochende Gesicht an die Wand gepresst, denkt Ege wild in alle Richtungen.

«Dein Verstand ist ganz verkocht», plappert es weiter hinter ihm. «Welche Bosheiten könnte sich einer mit einem derart verkochten Verstand denn noch ausdenken? Mit den Körpern und den Bildern, ein Bilderbuch vielleicht? Für Kinder? Mit Kindern? Weißt du, was Gisela über dich sagt? Sie sagt, du seist selbst ein großes Kind.»

Der Druck um Eges Hals lässt etwas nach, die Stimme verfällt in ein kleines Gelächter. Unmerklich dreht Ege den Kopf und schielt über seine Schulter in die Richtung des Schmerzes. Doch nur der Stab des Zweizacks ist auszumachen. Er ragt aus dem Dunkel der gegenüberliegenden Zimmerecke und bebt, am anderen Ende kichert es noch immer. Wenn dieses Wesen wirklich etwas mit der Unterwelt zu tun hat, könnte es einer der drei Racheengel sein. Für eine zornige Rächerin klingt die Stimme reichlich unreif. Ege gräbt nach den Namen der Furien ... Alekto, die rastlose Jägerin. Megaira als neidischer Zorn.

«Ich nehme mir Zeit für dich, keine Sorge. Und zu beneiden bist du wirklich nicht, Doktor phil. der Unvernunft», kommentiert die Stimme Eges Überlegungen.

«Tisiphone?», keucht er. Sofort wird er wieder fester an die Wand gedrückt. Ege hört sein Glas zu Boden fallen.

«Glaub bloß nicht, dass ich halbe Sachen mach. Ich bin Tisiphones Tochter. Aber wir sagen Tisifee.»

«Wir?», presst Ege hervor und ahnt bereits, dass etwas außer Kontrolle geraten ist.

«Die Unke und ich, wir sagen Tisifee», sagt die Stimme mit Nachdruck, «aber die Bezeichnung ändert nichts an der Sache. Ich bin zwar milder als meine Mutter, Barmherzigkeit kannst du trotzdem nicht erwarten. Aber Schluss jetzt mit der Ahnenhistorie. Man erzählt sich seine Geschichte, wie sie grad ins Bild passt. Damit kennst du dich doch aus. Also, mal sehen, was ich hier noch mit dir machen kann. Wollen wir vielleicht etwas notieren? Für dein Lebenswerk? Das wäre doch ein Spaß!»

Die Umklammerung des Nackens wird noch enger, und Ege, geschoben von der unerbittlichen Kraft am Ende des Stabs, schrammt an der Wand entlang ins Arbeitszimmer. Gebückt taumelt er auf die Computertastatur zu, streckt die Hand danach aus, doch der Schmerz an der Schädelbasis zwingt ihn urplötzlich in die Knie, seine Stirn knallt auf die Buchstaben. Eine lange Reihe von Zeichen wächst auf dem Bildschirm.

Als Ege aus seinem Rausch erwacht, klickt Gisela sich durch den unartikulierten Hieroglyphenwust. Ihr Gesicht im grellen Licht des Bildschirms, eine Büste des Entsetzens. Ege behauptet, der Kater sei auf der Tastatur eingeschlafen. Gisela nickt bloß.

Etwas Wichtiges müsse der Herr Papa noch schnell notieren. Wütend knallt die Mutter den Hörer auf den Apparat und lässt sich auf die Eckbank fallen. Das Essen steht auf dem Tisch, der Vater kommt nicht. Das Kind schaut in seinen dampfenden Brei. Karotten-Kartoffelstock. Die Wichtigkeit vom Vater breitet sich in seinem Kopf aus, zäh wie Brei. Dagegen kommt die Mutter nicht an.

Ob die Erwachsenen denn keine eigenen Regeln der Wichtigkeit aufstellen könnten, untereinander? Wie die vernünftigen Hirsche auf der Lichtung?, fragt das Kind vorsichtig. Pah, blafft die Mutter. Sie wolle doch gar nicht die hehren Regeln der Wichtigkeit in Frage stellen, sie wolle nur etwas Wertschätzung für ihr Essen. Der Vater mache immer nur Kartoffelpuffer. Und Aufträge, Auftraggeber, Verpflichtung, Produktion, Produkt. Das Kind schielt auf die Butter. Es streckt die Hand danach aus, die Mutter zieht die Butter weg.

«Was ist das Produkt meiner Arbeit an euch, na? Was?»

Das Kind nimmt die Hände wieder zurück hinter sein Lätzchen.

«Die Produkte werden immer gleich gegessen und wieder zerstört», faucht die Mutter. Mit merkwürdigen Augen betrachtet sie das Kind.

Das Kind traut sich nicht, irgendetwas auf dem Tisch anzurühren. Ist es selbst das Produkt? Oder der Auftraggeber? Das Kind hofft, dass man es der Mutter einmal zu einem fairen Preis abkauft. Dann wäre es gerecht. Alles hätte seinen Preis. Der Vater existiert ja auch dank der Arbeit der Mutter immer weiter und geht dem Erwerb nach ... Auf der dünnen Folie um die Butter glänzen Kondenstropfen.

Missmutig stochert die Mutter mit der Gabel im Greyerzer herum. Jedes Mal, wenn der Vater nicht zum Essen erscheint, hasst sie das Essen und die Körper, die dieses Essen essen. Sie will nicht dafür zuständig sein, diese Körper zu erhalten. Reproduktion in Dauerschleife. Sie will bei ihren Figuren sein. Etwas Beständiges, ein Lebenswerk. Der Haushalt interessiert sie nicht. Würde sie wenigstens dafür bezahlt, könnte sie ein paar Tage ins Wellness-Hotel fahren. Dort würde sie dann verächtlich am Frühstücksbüffet auf und ab schlendern und nie zum Abendbrot erscheinen. Sie würde das ganze Hotel für sich schuften und es dann wissen lassen, dass sie Wichtigeres zu tun hat, als diese Arbeit zu honorieren. Aber so bleibt ihr nur, sich an diese unantastbare Wichtigkeitsregel anzupassen. Jede Kartoffel, die ihr durch die Finger geht, wird verflucht, jedes Butterbrot, jedes Glas Sirup soll in die ewige Verdammnis ... Aber da ist es auch schon gegessen, getrunken, weggeputzt. Sie kann gar nicht so schnell fluchen, wie diese Produkte verschwinden.

Eigentlich sollte der Vater verkauft werden!, denkt das Kind, das nun auch zu einem Schluss gekommen ist. Erschrocken hält es sich den Mund zu. Hat es das jetzt laut gesagt?

Die Mutter, aus ihren Gedanken gerissen, macht ein entsetztes Gesicht. Doch gleich darauf wird sie von einem heftigen Kichern erfasst. Erleichtert stimmt das Kind ein.

«Völlig richtig», lacht die Mutter. Der Vater sei ein pflegeleichtes Produkt und leicht verkäuflich. Der kenne auch die Regeln und Zusammenhänge. Nicht wie das Kind, das manchmal beide Füße vom Boden nehme und umfalle. So lasse sich das noch nicht verkaufen. Das wäre eher etwas zum Anschauen oder Erleben. Ein Kunstwerk vielleicht. Sie streicht dem Kind übers Haar und schiebt die Butter wieder heran.

Nach dem Essen spielt die Mutter ihre Lieblingskassette und tanzt mit dem Kind auf dem Spannteppich. Der Vater kommt keuchend dazu, er ist zu schnell vom Büro hergerannt. Sein Teller steht einsam, die Butter zerflossen, er lässt die Laptoptasche sinken. Niemand beachtet ihn. Das überdrehte Kind hüpft wie ein Derwisch um die Mutter herum.

«Was ist das, Aquarius?», schreit es gegen die Musik an.

Die Mutter erklärt singend, das habe mit der Seele zu tun. Die Seele der neuen Kinder sei blau. Und aus der Seele der Kinder kämen Musik und Gedichte, denn ein neues Zeitalter breche an, das des Wassermanns. Dann werde alles anders, schließt die Mutter, dreht die Musik leiser und betont das Wort mit Blick auf den Vater: hoffentlich. Der macht einen schuldbewussten Buckel. Die Mutter setzt sich zu ihm an den Tisch, und sie reden stoßweise und böse miteinander. Das Kind flieht auf den Balkon und drückt die heißen Wangen durch das Geländer.

Nebenan bewohnen andere Nachbarn im neuen Zeitalter des Wassermanns ein neues, blaues Haus mit Flachdach. Das erste Haus mit Flachdach, das im Dorf gebaut wurde. Das Flachdach bildet einen interessanten Winkel zur Schräge des Abhangs, an dem das Haus steht. Die Nachbarn haben in der Schräge mit viel Aufwand einen Steingarten hergerichtet und ihn mit großen, blauen Porzellankugeln geschmückt. Das Kind hatte den Vorgang genau beobachtet. Die Porzellankugeln wurden mit Steinen arretiert, um sie daran zu hindern, den Abhang hinunterzurollen und den Steingarten talwärts zu verlassen.

Wenn die Nachbarin im Erdgeschoss Wäsche bügelt, hat sie Aussicht auf die Kugeln. Drinnen zischen die Eltern. Das Kind spürt, dass die blockierten Kugeln niemals glücklich sein werden.

BEHANDLUNG

«Die Unterhose ist mit einem Sensor ausgestattet, der beim kleinsten Kontakt mit Flüssigkeit Alarm auslöst», erklärt der Heiler dem Kind. Irgendwann klingle dieser Alarm dann quasi im Kind drin, rechtzeitig, schon bevor es ins Bett mache.

Das Kind dreht und wendet die Unterhose. Es will keine Klingelgeräusche in sich drin. Ist das die Art, wie man erwachsen wird? Die Alarmunterhose ist steifer als eine gewöhnliche. Das Kind ist beschämt.

«Wir haben ja schon fast alles probiert», tröstet der Heiler das Kind. Die Algentabletten hätten ganz gut gewirkt, es sei bloß ein kleiner Rückfall.

Der Blick des Kindes wandert über die farbigen Folien, die am Fensterglas kleben. Nachts war es wie ferngesteuert aus dem Bett geschnellt und, das nasse Bettzeug hinter sich herschleifend, ins Zimmer der Eltern gestapft, hatte sich und das Bettzeug komplett ausgezogen und alles auf die schlafenden Eltern geworfen. Dann hatte es sich nackt ins Mondlicht gestellt, das durchs Dachfenster fiel, und im Nachthimmel nach dem Engel Ausschau gehalten.

«Wenn der Engel wiederkäme ...», murmelt das Kind versonnen.

«Die Engel leben in einer anderen Welt, und du bist kein Pottwal», unterbricht der Heiler das Kind schnell. Es müsse lernen, mit inneren Spannungszuständen anders fertigzuwerden. Sonst würde all diese Spannung in die Seele absinken, und dann sei diese nicht zu bändigen.

Das Kind schaut den Heiler aus großen, traurigen Augen an. Es hätte dem Engel gerne von den zischenden Eltern und den blauen Kugeln erzählt, ihn überhaupt gern gesprochen. Aber dem Nachthimmel war es gleichgültig. Kein Engel weit und breit. Da wollte es sich vor Enttäuschung auflösen, zerfließen und im Ozean versinken.

«Jetzt versuchen wir's mal noch mit dieser Spezialunterhose», schließt der Heiler ab und tippt dem Kind auf die Stirn. Er wolle nur kurz im Lager eine frische holen, diese hier sei das Ansichtsexemplar.

Das Kind hört den Heiler im Nebenzimmer im Schrank wühlen. So viele nützliche Sachen hier, und es kriegt eine steife Unterhose. Es will etwas Gutes. Sein Blick streift über den Schreibtisch. Da, die Schublade. In der Schreibtischschublade ist das Nützliche der Erwachsenen. Alles andere ist Kinderkram. Behutsam zieht es am Knauf, das leise Schaben der Schublade übertönt es mit einem Hüsteln. In der Schublade liegen Papiere. Sie sehen wichtig aus, einige sind sogar gestempelt. Das Kind greift sich ein paar der gestempelten Papiere und legt sie flach unter sein T-Shirt. Sie knistern wichtig und kühl auf der Bauchhaut. Da kommt der Heiler mit der Unterhose zurück. Schnell wirft sich das Kind mit dem Bauch gegen die noch offen stehende Schreibtischschublade und streckt die Arme flehend nach einer bunten Keramikschale aus, die außer Reichweite auf dem Schreibtisch steht. Es macht ein ungeduldiges Geräusch. Der Heiler kommt zu ihm geeilt, um die Schale näher zu rücken.

«Willst du gucken? Dieser Engel schläft friedlich und trocken in seinem Bettchen.» Er hält dem Kind die Schale hin.

Es studiert das dicke, nackte Porzellan-Engelchen, das auf blauem Dekosand liegt. Es versucht, sich zu erinnern, ob der Engel auf Eges Kassette Kleider trug. Aber es kommen nur verschwommene Konturen.

In seinem Zimmer sucht das Kind die Blechschatulle hervor, um die nützlichen Papiere, die es beim Heiler an sich genommen hat, zu verstecken. Zwischen den fleckigen Taschentüchern findet es seine bespuckte Tonbandkassette wieder. Es horcht in die Wohnung. Die Mutter ist womöglich unter den Kopfhörern im Atelier beschäftigt. Wenn ein gutes Lied im Radio angekündigt wird, stürzt die Mutter zur Stereoanlage, um REC zu drücken, noch bevor die Moderatorin die letzte Silbe ausgehaucht hat. Wenn die Kassette dann voller guter Lieder ist, schnallt sie sich den Walkman an den Gürtel und geht um ihre Figuren tanzen.

Das Kind würde gerne hören, ob sich die bespuckte Kassette noch an ihre Bestrafung erinnert. Ob sie sich noch schämt. Behutsam dreht es die Spule vorwärts. Die Zähnchen beißen sanft in die Fingerkuppe. Das Kind will sich nicht allein schämen. Der verschwommene Engel. Die nassen Hosen und Laken. Das Osterei. Das leere Guckgerät bei der Ärztin. Das fehlende Gefühl. All das lässt sich den Erwachsenen schwer erklären, ohne Zusammenhang.

Das Kind legt die Kassette vor sich auf den Teppich. Es stellt sich die Spuck- und Rotzgeräusche auf dem Kassettenband vor, je ein Zeigefinger in den beiden Spulen. Vor und zurück. Hin und Her. Gibt es keinen Ort, wo die Geschichte doch noch sein könnte, ist noch immer bloß die Beschimpfung drauf? Unnötig, das zu überprüfen. Es weiß, dass es so ist.

Traurigkeit steigt im Kind auf. Warum hat es der Kassette nicht einfach verziehen, dass die Geschichte fehlt? Wozu die Strafe, wozu die Scham? Das Kind spürt, dass es selbst sich für jede fehlende Geschichte irgendwann schämen wird. Es muss versuchen, die Zusammenhänge herzustellen zwischen Engel und Ege, zwischen dem fehlenden Gefühl und den stummen Kassetten. Es muss Ege fragen. Ege hantiert den ganzen Tag mit Kassetten. Vielleicht ist die Geschichte vom Hirsch, die Geschichte der eigenen Vernunft, die auf die Lichtung tritt und den Engel verkündet, doch nicht verloren.

Entschlossen, durch diese Aufgabe sich selbst und die Würde der armen Kassette zu retten, stopft das Kind die gestempelten Papiere des Heilers zu den blutigen Taschentüchern in die Blechschatulle und rennt mit der Kassette in der Hand zum Telefon.

Lange tutet es in der Leitung. Das Kind hört seinen eigenen, aufgeregten Atem. Dann knackt es, Giselas Stimme, eine klingelnde Glocke. Ja, klar sei Ege da. Unten in der Wohnung. Wo sonst? Da Kind solle gern mal nach ihm schauen. Er kriege ja sonst keinen Besuch.

EINDRUCK

Das Kind stößt die Tür zum Hintereingang auf und will schon in Eges Wohnung stürmen, da bemerkt es im Flur ein paar Turnschuhe. Die Schuhe sind fast doppelt so groß wie seine eigenen, mit knalligen, neonfarbenen Schnürsenkeln. Hat Gisela nicht gesagt, Ege kriege ja sonst keinen Besuch?

Neidisch umkreist das Kind die unbekannten Turnschuhe, streift sich dann hastig die eigenen von den Fersen und rennt ins Arbeitszimmer. Vor dem Widerschein des

Computerbildschirms sieht es im Halbdunkel die Umrisse einer Gestalt. Das Herz klopft laut im Kind. Es kann nicht erkennen, wer da sitzt. Die Augen müssen sich erst an Eges Dämmerwelt gewöhnen. In der Hosentasche umklammert es die Kassette mit der fehlenden Geschichte. Die Augen passen sich an, das Bild wird scharf. An Eges Arbeitstisch sitzt ein Junge und dreht sich auf den Bürostuhl wie verzaubert mit dem Gesicht zur Decke um die eigene Achse.

Das Kind räuspert sich. Eigentlich wäre es selbst der zauberhafte Besuch. Nun ist hier aber ein Anderer. Der Andere wendet endlich den Blick von der Decke ab und sieht sich gelangweilt nach dem Geräusch um. Das Kind kriegt schwitzige Hände. Der Junge sieht aus wie ein unfreundlicher, älterer Bruder seines Engels. Er ist noch genauso schön, aber in seinem Gesicht wachsen schon die Sorgen und Gefühle der Erwachsenen.

«Ich mache ... hier ... Besuch ...», stammelt das Kind.

«Freiwillig?», erwidert der Junge und hebt überrascht die Augenbrauen. «Du armer Frosch.»

Das Kind zuckt zusammen. Die Worte des Jungen sind elektrisches Eis, kalte Blitze.

Aus dem Schlafzimmer dringt ein Rascheln und Husten. Der Junge verdreht die Augen. Ege suche seit einer halben Stunde die Autoschlüssel. Aber in diesem verfluchten Halbschatten sei ja nichts auszumachen. Drüben fällt etwas zu Boden, leises Fluchen. Der Junge stöhnt auf und wedelt sich mit der Hand vor dem Gesicht. «Völlig plemplem!»

«Maul nicht so viel!», kräht Ege von nebenan.

Das Kind würde den Jungen gerne aus Eges Wohnung locken. Das ist nicht sein Platz. Und er will schließlich auch gar nicht hier sein. Offenkundig.

«Draußen blüht der Klee. Den kann man essen. Wusstest du das?» Das Kind zeigt in Richtung Hinterausgang.

Bereitwillig erhebt sich der Junge vom Bürostuhl und schlurft zu seinen Turnschuhen. «Ich warte draußen mit dem Frosch. Hier drin werden wir bleich und hässlich», ruft er über die Schulter.

Sobald sie aus dem Haus getreten sind, ändert die Stimmung des Jungen. Sein Blick streicht samtig über die Böschung, er blinzelt ein wenig in die Sonne. Gebannt verfolgt das Kind den Wandel. Der Junge taut auf. Jetzt sieht er wirklich aus wie sein Engel. Oder sieht sein Engel aus wie der Junge? Aber der Engel sagte, er sei eine Tochter. Die Tochter vom Racheengel Tisifee. Das Kind traut sich nicht zu fragen.

In der Verlegenheit steigt es beherzt die Böschung hoch und hockt sich in den Klee. Der Junge kommt hinterher und streckt sich neben dem Kind aus. Die neonfarbenen Schnürsenkel im weiß-rosa Meer der Kleeblüten. Aufgeregt rupft das Kind die runden Blütenköpfe vom Stiel und saugt den süßen Nektar heraus.

Der Junge setzt sich wieder auf und greift ebenfalls in den Klee. Das Kind rückt näher heran, zeigt ihm, wie man die schmalen Röhrenblüten auszupft, um an den Nektar zu kommen. Die rosafarbenen Blüten schmecken besser als die weißen? Das Kind nickt. Allmählich hellt sich das Gesicht des Jungen auf.

Das Kind sieht nun klar. Der Junge muss sein Engel sein. Er ist es. Es nimmt allen Mut zusammen und stellt die Frage. Ob er es sei. Ob er der Engel sei?

Der Junge bekommt einen solchen Lachanfall, dass das Kind gleich wieder ganz klein in sich zusammenschrumpft. Er sei doch kein Engel, um Himmels Willen. Er sei Eges Sohn. Aus Berlin. Ob Ege und Gisela ihn denn nie erwähnt

61

hätten? Ein Engel. Pff. Sein Gesicht verfinstert sich erneut. Er wirft die noch nicht abgeerntete Kleeblüte weit von sich. Womöglich hätten es Ege und Gisela sowieso lieber, wenn er ein Engel wäre. Ein inexistentes Flatterwesen, gar nicht wirklich da, gar nicht echt, nicht am Leben. Seine Stimme wird wieder eisig. Und ihm selbst wäre es auch lieber. Dann verstummt er vollends.

Das Kind zieht die Knie eng an sich, um sich zu wärmen. Das ist nicht sein Engel. Nicht die Tochter der Tisifee. Wie hatte es nur so dumm sein können.

Als Ege endlich aus dem Hintereingang tritt, die leeren Hände ratlos vor sich hertragend, fühlt das Kind sich genauso leer und ratlos. Ege hat die Autoschlüssel nicht gefunden, und auch die Tür zum Herz des vereisten Sohns ist wieder zugeknallt und verschlossen.

Gisela streckt den Kopf aus dem Fenster der oberen Wohnung. Ob sie es schön hätten?

«Nichts haben wir», faucht der Sohn. «Nicht mal die Autoschlüssel.»

Gisela winkt fröhlich ab. Sie könne sie fahren. Das sei doch schön, ein gemeinsamer Ausflug. Sei sowieso besser, wenn Ege die Finger vom Steuer lasse. Sie wolle nur kurz noch das Kind und den Sohn filmen. Wie sie da im Klee säßen. Einmal einen schönen Moment festhalten.

Ege lässt sich seufzend auf den Stufen vor dem Hintereingang nieder. Gisela im Fensterrahmen nestelt die Videokamera hervor. Das Kind sieht das rote Lämpchen aufflammen, der Sohn verbirgt das Gesicht in der Armbeuge. Gisela lehnt sich ein wenig aus dem Fenster. Ruft «Hallo» und «Huhu, macht doch mal was Lustiges». Der Sohn reißt, ohne hinzuschauen, ein ganzes Büschel Klee mit Stumpf und Stiel aus und schleudert es hoch zu Giselas Fenster.

Kopfschüttelnd packt Gisela die Kamera weg. Sie komme ja gleich, meine Güte. Sie sollen schon mal runter zum Parkplatz gehen.

Gisela hält die Autotür auf. Das Kind könne gern mitkommen ins Shoppyland, wenn es wolle. Ege werde sich neue DV-Kassetten besorgen im Mediamarkt, sie selbst wolle sich im Reisebüro umsehen. Und danach ein schönes Eis essen zusammen?

Das Kind klettert mitsamt seiner Ratlosigkeit auf die Rückbank von Giselas Auto. Es will Ege nicht allein mit dem Sohn lassen. Es will den Sohn nicht allein mit Ege lassen. Es will Gisela nicht allein mit ihrem Ausflug lassen. Und es will selbst nicht allein zurückbleiben, ohne Engel, ohne Rat. Die Kassette in der Hosentasche flüstert: Vergiss nicht die verlorene Geschichte. Ege sagte, deinem Engel fehlt ein Zusammenhang. Vielleicht findest du ihn hier. Bei Ege, Gisela und den DV-Kassetten. Und dem verlorenen Sohn.

Schwungvoll fährt Gisela in die Kurven, endlich ein schöner Ausflug. Mit Ege, mit dem Sohn. Dem Kind auf dem Rücksitz schwappen die Innereien durch den Bauch. Um den Sohn von Berlin nicht anblicken zu müssen, fixiert es seine eigenen Augen im kleinen Rechteck des Rückspiegels. Hin und her. Die Augen gleiten ins Bild, aus dem Bild heraus, entwischen, kommen zurück. Ihm schwindelt. Die Augen des Engels im Atelier der Mutter, im Viereck seiner Finger. Der Kamerakopf, durch dessen Auge das Licht fällt. Das Kind versucht die aufsteigende Übelkeit runterzuschlucken, doch die Augen finden keinen Halt im Rückspiegel.

Ein Schwall Essensreste und Magensaft ergießt sich über die Lehne des Vordersitzes. Angewidert verzieht der

Sohn das Gesicht und kurbelt das Fenster runter. Gisela springt unsanft auf die Bremse und rollt auf einen Ausweichplatz. Ege faucht, Gisela solle halt nicht fahren wie eine Verrückte. Sonst kotze er gleich hinterher. Bescheuerter Ausflug. Zum Kotzen.

Geheul und Gelächter hallen im Eiscafé des Shoppingcenters. Mütter und Väter wischen verschmierte Wangen sauber, zerren Ärmel zurück. Nur an einem Tisch ist es still.

Der Junge hat die Stirn neben seinem zerflossenen Eisbecher auf die Tischplatte gelegt, das Kind knibbelt an eingetrockneten Spritzern von Erbrochenem auf seinem T-Shirt. Eges Blick huscht über die grell ausgeleuchteten Auslagen der Geschäfte. Paare in identischen, weißen Shorts lassen sich von winzigen, filigranen Hunden an der Leine von einem Schaufenster zum nächsten ziehen. Unmotiviert deuten sie auf die Auslagen, zucken die Schultern, lassen sich weiterziehen.

Ob das Kind noch irgendwas von hier wolle?, fragt Ege. Gisela sei wohl noch länger im Reisebüro, und er habe keine Lust, hier in diesem Höllengezeter von Eiscafé herumzusitzen. Vorher nehme er den Zug zurück.

Beim Wort «Zug» hebt der Sohn den Kopf und macht ein empörtes Gesicht. Das sei so unterirdisch, ob Ege denn kein Ehrgefühl habe? Wenigstens mit Gisela, mit dem Auto heimfahren. Wenn er schon nicht mehr fähig sei, seine eigene Karre zu lenken. Er werde auf keinen Fall in einen schäbigen Regionalzug steigen mit ihnen beiden. So ein Scheiß.

«Oho, der ehemalige Windelmensch hat aber dezidierte Meinungen», blafft Ege und zündet sich ungerührt eine Zigarette an. Der stechende Blick des Sohns geht ihm gehörig auf die Nerven. Es ist sein eigener Blick, das lässt sich schlecht bestreiten. Jetzt, wo dem Sohn die Hormone ins Kraut schießen, lässt sich überhaupt gar nichts mehr bestreiten. Derselbe flammende Blick wie Ege. Aber keine Hitze, keine Gnade, nur knirschendes Eis zwischen ihnen. Dazu die vorlauten Reden seiner Mutter, der Studentin, die ihm diesen Sohn während seiner Professur in Berlin abgenötigt hatte. Vor lauter Verehrung. Sich vor ihm ausgebreitet hatte. Dann die Drohung, der runde Bauch. Und nun sitzt da dieses nervtötende Abbild seiner selbst, dieser bereits vorpubertäre Windelmensch, und isst nicht mal das Eis, das er ihm ausgelegt hat.

Entsetzt schaut das Kind auf die bebende Unterlippe des Sohns. Der Familienvater am Nebentisch schaut entsetzt auf Eges schmauchende Zigarette.

UNFALL

Über der Wasseroberfläche die Himmelskuppel. Macht sich klein und neigt sich von allen Seiten über den Teich. Die Unke kann Sinn und Zusammenhang an der Wasseroberfläche ablesen. Die Welt kommt ganz nahe, denn die Teichbewohnerin ist kurzsichtig. Wippende Schatten beugen sich neugierig über den Rand des Teichs. Eine Unke, siehe da. Die Unke sieht wenig und ordnet die Schatten als zu groß für eine Beute ein. Sie hält still. Die Schatten wispern, machen aber keine Anstalten, irgendwas aus dem Teich zu erbeuten. Knapp unter der Wasseroberfläche treibt eine Larve. Vorsichtig löst sich die Unke vom Grund. Vielleicht kann sie es wagen. Doch als sie die Larve erreicht hat, schieben die Schatten etwas unter den Unkenkörper, sie wird emporgehoben und durchbricht die Wasserlinie.

Oberhalb herrscht ein ohrenbetäubender Lärm, die Überwasserwelt schrillt und kreischt, Anton, Anton, Anton! Aufwachen! Alarm! Alarm! Das Kind schnellt von seinem Kissen hoch. Die klingelnde Unterhose, Alarm! Es muss aufwachen. Es muss aufhören. Es muss aus dem Wasser. Der Frieden der Unke ist vorbei.

Hastig schlägt es die Decke zurück. Es sitzt in einem feuchten Fleck. Die Unterhose hört nicht auf zu bimmeln, obwohl schon alles vorbei ist. Und nichts verhindert. Der Himmel, jetzt wieder weit und fern, errötet vor dem Fenster. Enttäuscht pult das Kind den schellenden Sensor aus der nassen Unterhose und findet schließlich den Knopf. Die Sirene verstummt, nur das Herz hämmert gegen die Rippen. Es hofft, dass der Unterhosenlärm die richtigen Vorgänge auslöst. Routiniert wechselt das Kind den Schlafanzug, legt ein dickes Handtuch auf den Fleck im Bett und wendet die Decke, trockene Seite nach unten.

AUFKLÄRUNG

Die Eltern schenken dem Kind ein Bilderbuch. So kurz vor der Einschulung sei es an der Zeit. Das Buch heißt «Die geschwollene Anna». Darin gibt es Zeichnungen, wie Max und Anna sich liebhaben. Unter der Bettdecke. Dann beginnt Anna anzuschwellen, mit jedem Umblättern wird sie runder. Ein Rätsel. Was ist in Anna los?

«Ein Baby wächst in ihr», sagt die Mutter.

«Hat sich das Baby unter der Bettdecke versteckt und ist dann in Annas Bauch geschlüpft?»

Naserümpfend sieht das Kind zum Vater auf. Der macht ein zerknirschtes Gesicht.

Das Baby sei keine andere Gattung, es habe sein Leben

von Max und Anna geschenkt bekommen. Es selbst sei aber auch ein Geschenk für Max und Anna. Wiederum.

«Ist das immer so?», will das Kind wissen.

«Ja, immer», nicken die Eltern.

«Das ist aber ein langweiliges Geschenk», findet das Kind. «Gar keine Überraschung, wenn es immer ein Baby ist. Vielleicht will die geschwollene Anna gar kein solches, sondern lieber ein Chinchilla oder ein Brettspiel. Das ist doch kein richtiges Geschenk?»

«Nun ja, na ja ...», der Vater versucht einen versöhnlichen Ton. Wie bei den Tieren und den Pflanzen gäbe es auch bei den Menschen Weibchen und Männchen mit verschiedenen biologischen Funktionen. Er deutet auf die Region, wo nachts die klingelnde Unterhose ist, und dann auf die Zeichnung eines rötlichen Innenraums im Bilderbuch.

Die geschwollene Anna, die Mutter und auch es, das Kind selbst, seien Menschenweibchen, versucht die Mutter dem Vater beizustehen. Und das Menschenmännchen Max ist der Mann ...

Das Kind starrt bestürzt auf die Zeichnungen und schnauft. Die geschwollene Anna ist unbeweglich wie eine schwere Kugel und schwitzt. Max hält ihre Hand und tröstet sie. Dann wird das Baby im Krankenhaus wieder unter einer Decke hervorgeholt. Das Kind kann es nicht fassen. Wie? Wo? Ein Trick?

Das sei kein Zauber, eher ein Wunder ... Die Mutter blättert um. Ein Tor aus Fleisch, durch das das Baby taucht. Auf der nächsten Seite liegt das Baby in den Armen von Anna, und alle lächeln, und auch das Baby lächelt engelhaft. Das Kind wirft den Eltern das Bilderbuch vor die Füße und schreit wie am Spieß.

«Nein! Ich will nicht. Ich will dieses Geschenk nicht!» Polternd rennt es die Kellertreppe runter aus dem Haus.

Die Mutter, die den Atem angehalten hatte, hebt prustend das Buch auf.

Um in Ruhe über die geschwollene Anna nachzudenken, zieht sich das Kind ins Bachbett zurück. Es steigt von Stein zu Stein bis weit in den Wald hoch, das Rauschen des Wassers übertönt die Worte der Eltern.

Es setzt sich auf einen großen, moosbewachsenen Stein oberhalb eines kleinen Beckens. Von hier aus kann es den Bach überblicken. Alles im Kind sträubt sich gegen die Vorgänge, die das Bilderbuch ankündigt. Die Eltern, die beim Anblick von Max und Anna ins Stocken geraten. Die unsichtbaren Körperteile unter der Decke und in der Unterhosengegend. Nachdenklich bohrt das Kind seine Finger ins Moos. Anna, ein Menschenweibchen. Ein Tor aus Fleisch in der Unterhosengegend, durch das Anna und Max ein Baby bekommen. Ein Geschenk. Was ist der Auslöser? Die läutende Unterhose des Heilers? Hatte dieser Alarm die Eltern erinnert, an das Geschenk? Das es nun an der Zeit sei, hatten sie gesagt. Zeit wofür? Ein Geschenk zu machen, oder eins zu sein? Das Kind will gar nichts sein. Auch nicht erwachsen.

Behutsam hebt es einen kleinen Moosteppich vom Stein und wirft ihn ins Wasser. Er fährt ein paarmal im Kreis, wird vom Strom mitgerissen. Vergnügt hüpft er von Schwelle zu Schwelle bachabwärts. Das Kind würde gerne mithüpfen, aber es ist zu schwer. Das unsichtbare Geheimnis der Unterhosengegend senkt sich auf seine Schultern, Fliegen und Mücken umschwirren schon die Beine. Ist denn alles verhext?

Das Kind horcht. Ins Rauschen des Bachs hat sich heimlich ein zweites Geräusch gemischt. Ein weiterer Alarm? Eine Sirene? Das Heulen versinkt wieder im Wasserbrausen. Erschrocken zieht das Kind am Bund seiner Hose. Geht der

Alarm nun schon von allein los? Verzweifelt drückt es beide Handflächen fest zwischen die Beine. Es muss die Sirene zum Schweigen bringen. Doch das Heulen schwillt erneut an. Es kommt von weiter weg.

Das Kind lässt den Hosenbund zurückschnappen, steht hastig auf, springt ans Ufer und beginnt, aus dem Bachbett zu klettern. Das heulende Geräusch wird lauter. Es muss die Sirene stoppen, bevor die ganze Nachbarschaft zusammenläuft. Immer steiler wird die Böschung, alles rutscht, losgetretene Steine poltern in den Bach, gerade noch bekommt das Kind einen krummen Föhrenstamm zu greifen. Das Heulen weicht einem Knattern, stirbt ab, setzt wieder an. Das Kind zieht sich an der Föhre hoch und späht über die obersten Grasbüschel der Böschung.

Späne stieben durch die Luft, Harz- und Dieselgeruch schlagen dem Kind entgegen. Ein orangefarbener Gemeindearbeiter senkt das Blatt seiner Motorsäge in den Stamm einer Tanne. Das untere Ende der Tanne liegt aufgebahrt auf einem zweiten Baumstamm. Langsam und laut frisst sich die Säge durchs Holz. Doch kurz bevor eine ganze Scheibe des Stamms abgetrennt ist, stottert der Motor, das Heulen schrumpft zusammen, das Sägeblatt gleitet rückwärts durch den ausgefrästen Spalt, und der orange Mann kippt das Gitterchen vor seinem Gesicht hoch.

Schnell zieht das Kind den Kopf ein. Jetzt spricht er zu irgendwem. Sind da noch andere? Vorsichtig richtet das Kind sich wieder auf. Tatsächlich steht jetzt neben dem Gemeindearbeiter ein Junge. Der Gemeindearbeiter redet in wohlwollend ruppigem Tonfall und befestigt den Ring mit dem Gitterchen am Kopf des Jungen, so was könne man in der Großstadt ja nicht erleben, richtige Arbeit. Der Junge klappt das Gitterchen nun ebenfalls hoch. Dem Kind entweicht ein erstaunter Laut. Eges Sohn! Aus Berlin!

Schnell kombiniert das Kind. Der Sohn ist von Ege und Gisela ebenfalls mit den unheimlichen Informationen über die geschwollene Anna, die geschenkten Kinder und das wundersame Tor aus Fleisch bedrängt worden, ist dann in den Wald geflohen, um, um, ja was denn, was haben der Gemeindearbeiter und die Tanne damit zu tun?

Die Grashalme kitzeln das Kind an der Nase. Der Gemeindearbeiter drückt Eges Sohn den Bügel der Motorsäge in die Hände, dieser kippt fast vornüber, hebt die Säge mühsam hoch. Er zieht an der Schnur. Der Motor kreischt, murkst, verstummt. Der Gemeindearbeiter muss nachhelfen, schließlich springt die Säge an. Die Beine des Sohns zittern. Ins Motorengeheul brüllt der Gemeindearbeiter Anweisungen. Das Kind hält den Atem an. Der arme Sohn. Hat er denn gar nicht aufgepasst im Wald? Einem Gemeindearbeiter in die Arme zu laufen, das ist nicht geschickt.

Wieder wird das Sägeblatt in den Spalt gesenkt. Gleich wird etwas passieren, das kann nicht gut ausgehen, das Kind verkrallt sich vor Sorge im Grasbüschel. Die Arme des Sohns sind zierliche Ästchen neben dem dicken Baumstamm. Es kann nicht hinsehen. Der Ton der Säge wird kurz schriller, dann ein dumpfer Aufprall auf der Erde, die Säge schweigt wieder. Das Kind öffnet ein Auge.

Der Gemeindearbeiter klopft Eges Sohn auf die Schulter und ist begeistert. Siehst du, das geht zack, zack. Jetzt bist du ein echter Mann!

Wenn man sich eine Scheibe abschneidet, ist man ein echter Mann. Aus dem Engel ist ein Sohn und aus dem Sohn ein echter Mann geworden. Zack. Das Kind staunt. So einfach ist das.

ABDRUCK

Ein kühler Schauer zieht über Eges Brust. Ärgerlich zieht er die Stirn kraus. Wer wagt es, einen Schatten auf ihn zu werfen? Die Sonne und er sind noch nicht fertig miteinander. Ege öffnet ein Auge, das graue Brusthaar steht in einem kleinen Tümpel aus Schweiß.

Der Schatten gehört zum Kater. Er ist auf den Beistelltisch am Fußende der Sonnenliege gesprungen, um die Antipastireste zu beschnuppern. Das weniger dichte Oberfell im Gegenlicht, ein Kamm aus Flammen.

«Kusch, Höllenvieh!», versucht Ege den Kater zu verscheuchen. Doch der Kater zuckt bloß mit einem Ohr und angelt mit der Pfote ein übrig gebliebenes Stück Parmesan aus dem Öl. Ege mag sich nicht aufrichten. Soll der Kater den Teller halt leer fressen. Das Weinglas ist auch leer. Weitere Flaschen wären auf der Kellertreppe. Doch im Keller ist es empfindlich kühl. Ege kann die gesammelte Hitze jetzt nicht aufgeben. Er schließt die Augen wieder. Eingebrannt auf der Netzhaut das Nachbild des über den Teller gebückten Katers.

Ege hatte es immer gewusst. Der Kater ist ein Wiedergänger. Gisela hatte ihren ersten schwarzen Kater bei einem fahrigen Rückwärtsmanöver mit dem Auto überrollt. Wollte zu schnell vom Parkplatz, dachte vielleicht, wenn sie nur eilig genug wegkommt, würde die Flucht endlich mal gelingen. Gisela hatte dann schnell ein Ersatzkätzchen bei der Bäuerin besorgt. Wieder ein schwarzes. Damit Ege nicht allein blieb. Gisela in ihrem duseligen Gefühlsschwachsinn. Dachte wohl, Ege sei blöd und blind. Aber Ege sieht es ganz klar vor sich. Der flammende, weiße Engel des toten schwarzen Katers ist als Nachfolger seiner selbst auf der Linie wiedergekommen, um Vergeltung zu üben. Logisch, logisch.

Das Unglücksvieh lauert, setzt zum Sprung an. Springt vom Tisch auf die Sonnenliege und streicht an Eges nacktem Bein entlang. Aufdringlich und unbarmherzig. Das Fell, scharf wie Nesselzellen, reißt winzige Wunden in die schweißnasse Haut, Gift fließt hinein. Mit dem Gift verteilt sich eine taube Erkenntnis in Eges Körper. Er trägt Schuld an Giselas unlogischen Fluchten. Er trägt die Schuld, und die Schuld drückt ihn nieder auf die Sonnenliege. Der plattgefahrene Kater war ein verhältnismäßig kleines Opfer. Viel schwerer wiegt der Sohn. Der Sohn sitzt auf Eges Brust und blickt ihn mit verständnislosen Augen an. Seine Augen fragen, warum bin ich hier? Was wird das für ein Film? Welche Rolle spiele ich?

«Nachtmahr», keucht Ege unter seinem Gewicht.

Bin ich nicht in Wahrheit ein Engel?, fragen die Sohnesaugen und werfen einen beweisführenden Blick über die Schulter, auf die weißen Federflügelchen, die Ege ihm umgeschnallt hatte. Ächzend windet sich Ege. Er will diesen besserwisserischen Bengel nicht mehr in seinem Film. Ege drückt den Knopf mit dem roten Punkt. Schluss. Stopp. Den Doppelpfeil nach rechts. Vorspulen. Doch auch das hilft nichts. Der Sohn ist jetzt bald ein echter Mann und für Ege unbrauchbar. Zu viel Gewicht.

Als der Sohn und Gisela, zurück vom Ausflug in den Wald, ans Fußende der Sonnenliege treten, springt der Kater von Eges Brust. Zurückgeblieben ist auf der sonnenversengten Haut ein heller Fleck.

UNVERMÖGEN

Man könne doch auch mal zu Fuß gehen, findet Gisela, übernimmt gut gelaunt den Rollkoffer des Sohns und beschleunigt ihren Schritt. Der Sohn steckt die frei gewordenen Hände in die Hosentaschen. Wenigstens die Hände sollen geschützt sein vor dem Blick des Himmels, der Berge, des Dorfs. Jetzt wird er auch noch zu Fuß an die Bushaltestelle gebracht. Schaut her, das ist der Sohn. Schaut her, alles ist gut, wir haben einen Umgang, wir gehen zu Fuß.

«Nicht traurig sein», singsangt Gisela und hält inne, um den hinterhertrottenden Sohn aufholen zu lassen. Es sei doch sicher für alle besser, wenn er jetzt früher nach Berlin zurückfahre. Noch vor Weihnachten werde sie Ege überreden, in die Entzugsklinik zu gehen. Als Geschenk an sie, das sei ihr Weihnachtswunsch. Der Schnee kühle Eges Trinklust bestimmt herunter, und vielleicht könnten sie dann etwas besinnlicher beisammen sein.

Der Sohn versteht kein Wort. Gisela auf der Brücke im Tobel, überrauscht vom Getöse des Bergbachs. Der Sohn sieht nur den Ausdruck in ihrem Gesicht – eine enttäuschte Hoffnung. Neue Hoffnung darunter bleicht die grau gewordene Vorgängerin aus. Der Sohn hat keine Antwort auf diese Hoffnung, schaut also weg. Und auch Gisela wendet sich ab, sie betrachten einen Moment lang den Bach, die Bäuche am Brückengeländer.

«Der Bus …», fällt Gisela plötzlich ein. Hastig schubst sie den Koffer weiter. Da prallt sie fast mit dem Nachbarskind zusammen, das aus einem Gebüsch am Straßenrand neben der Brücke gekrochen kommt. «Herrgott!», entfährt es Gisela. Sie seien in Eile, der Sohn müsse zurück nach Berlin. Das Kind verfolgt die beiden mit prüfendem Blick. Folgt ihnen dann mit etwas Abstand, ungebeten.

An der Bushaltestelle holt das Kind auf und fragt die Frage, die es den ganzen Weg lang leise geübt hatte. Ob Gisela die Geschichte mit dem Engel auf Eges Kassette kenne?

Da stößt der Sohn dem Kind den Rollkoffer in die Seite. Unter der Schirmmütze funkeln die warnenden Augen. Doch Gisela scheint mit dem Busfahrplan beschäftigt. Sie fährt mit dem Finger über das Plexiglas und rezitiert geistesabwesend die Abfahrtszeiten.

«Die Kassetten halten doch die Geschichten fest ...», hakt das Kind nach, der Sohn versucht, das Kind mit dem Rollkoffer abzudrängen. Doch es hält sich an der Bank im Wartehäuschen fest. Also quetscht er die hartnäckigen Fingerchen mit der Kofferkante.

«Aua!», piepst das Kind schrill.

Gisela löst endlich ihren Finger von den Abfahrtszeiten und fährt dazwischen:

«Was ist bloß mit euch! Ihr kennt euch doch gar nicht, was habt ihr denn zu streiten? Können wir es wenigstens die letzten Minuten mit dem Sohn schön haben? Ihr Kinder macht mich wahnsinnig.»

Eine Weile sagt niemand einen Ton. Ein lauter Traktor kriecht heran, die Bäuerin im Führerstand schaukelt mit ihrem Fuder Heu vorbei. Heruntergefallene Grashalme auf dem Koffer, der Sohn schnippt sie weg. Gisela legt ihm eine Hand auf die Schulter. Er sei doch immer so ein Engel gewesen. Ein Sonnenschein. Ein Geschenk. Ob er sich denn gar nicht mehr erinnere? Und jetzt so ein Griesgram? Streit mit einem fünfjährigen Kind. Das sei doch kindisch, so was.

Das Kind lauscht den leisen Worten. Nickt bei sich. Ja. Eben doch ein Engel. Jetzt nicht mehr. Aber damals.

Der Sohn schüttelt Giselas Hand ab und wirft einen abfälligen Blick über die Schulter. Das Kind könne ja selbst mal in einem Film mitspielen, wenn es so eifersüchtig sei. Wirre Rollen, schlechte Verkleidung, und auch sonst seien Eges Filme ungefähr so aufregend wie hier auf den Bus zu warten. «Man weiß, was kommt. Man weiß, was nicht kommt ...»

«Komm du bald wieder, mal zum Skifahren, wenn der erste Schnee fällt», unterbricht Gisela den Sohn und drückt ihn lange an sich.

Komm du besser nicht mehr wieder, erwidert das Kind den vereisten Blick des Sohnes über Giselas Schulter.

Der Bus kommt. Ungeduldig wuchtet der Sohn seinen Koffer über die enge Treppe. Das Kind reibt sich tapfer die schmerzenden Finger. Gisela sieht aus dem Augenwinkel, wie es sich selbst etwas zuflüstert.

Kurz bevor die Bustüren ganz zugehen, grätscht Gisela dazwischen und springt in den Bus. Sie begleite ihn doch noch mit bis zum Bahnhof. Sie wolle noch winken und sehen, dass er im rechten Zug lande. Der Sohn zieht sich die Kapuze tief ins Gesicht und versinkt in seinem Sitz.

INSZENIERUNG

«Canon, as easy as cats can», hustet Ege und deutet mit der Zigarette auf Gisela, die hinter dem Stativ steht und ein Auge ans Objektiv presst. Eigentlich könnte auch der Kater die Kamera bedienen. Aber dem Kater sei nicht zu trauen. Der könne zwar auch schreiben, schöne, sehr gescheite Texte. Aber er gehe ungern zum Fluss. Ein Wesen des Fegefeuers, nicht des Wassers. Deshalb mache diesmal Gisela die Kameraführung.

Gisela macht «tzt», er solle dem Kind nicht immer so viel Blödsinn erzählen. Aber das Kind ist in Gedanken versunken. Es trägt Eges schwarze Lederweste und betrachtet seine ausgelatschten Füße, die neben seinen schönen, kleinen Kinderfüßen auf dem warmen Asphalt stehen. Gisela hatte ihm ein Geschenk versprochen, wenn es beim Film mitmacht. Erst hatte es Bedenken. Wegen des gemeinen Sohns, der ihm die Finger eingeklemmt hatte.

«Vielleicht eine Pflanze, ein kleiner grüner Freund?», schlug Gisela vor.

«Oder vielleicht ein Baum?», hatte das Kind nachgelegt. Es möchte lieber keinen kleinen grünen Freund. Wenn schon einen großen.

«Ja. Vielleicht. Sogar», hatte Gisela geantwortet, «ein kleines Bäumchen. Zur Belohnung. Als Geschenk.»

Das Band laufe, meldet Gisela. Das Kind schreckt aus seinen Überlegungen.

«Worauf warten wir?», will Ege vom Kind wissen.

«Auf Anton!», erwidert es, ohne nachzudenken.

«Nein, wir warten auf Godot!», nervt sich Ege.

Sie hatten den Namen auf der Hinfahrt extra noch geübt. Das Kind weiß nicht, wer Godo ist. Aber es weiß, wer Anton ist. Anton ist der Großvater des Engels. Und heute trägt es selbst die Lederweste. Es ist genauso schön und stark – und auch so wild. Wenn Anton denkt, das Kind sei der Engel, wird er bestimmt kommen.

Aber Ege regt sich auf. Ob es denn alles durcheinanderbringe? «Godot! Auf Godot warten wir.»

«Wo ist denn Godo?», will das Kind wissen.

«Godot kommt nicht», sagt Ege mechanisch «Wir müssen uns die Zeit vertreiben.» Er nimmt das Kind bei der Hand, und zusammen gehen sie am Ufer in Richtung Horizont.

Giselas Blick streicht durch das Objektiv der schnurgeraden Fluchtlinie am kanalisierten Fluss entlang. Ege und das Kind werden immer kleiner. «Neuinszenierung mit dem Nachbarskind, unten auf der Ebene. Perfekte Ödnis», hört sie Ege sagen. «Interpretationsspielraum.» Sie solle sich doch etwas Nettes für das Kind überlegen, was man ihm schenken könne. Irgendeinen Kinderkram. Die Idee mit der Pflanze fand er sinnlos. Aber ihm sei es ja egal. Hauptsache, das Kind spiele den Botenjungen. Er selbst werde alle anderen Figuren darstellen.

Gisela gähnt verhalten. Warum hatte sie das bloß eingefädelt? Sie hätte zum Rhumba-Schnupperkurs gehen können. Stattdessen warten am Fluss, Godot kommt natürlich nicht, endloses, sinnbefreites Auf- und Abschlendern. Die Wartezeit wird mit dem Botenjungen überbrückt, dort beim Baum, ein Zeitvertreib, aber nur als Ahnung, nicht wirklich auf dem Bild. Existenzialistisches Nichts. Wenigstens ein gemeinsamer Ausflug. Aber weit waren sie nicht gekommen. Sie seufzt. Nur der Fluss verlässt den Bildraum, diesen Warteraum, fährt in Urlaub. Giselas Gedanken folgen dem Flusslauf, fließen zum oberen Bildrand und darüber hinaus in die Ferne.

Das Stativ beginnt zu beben, metallischer Lärm dringt an Giselas Ohr. Die von der Kaserne, stöhnt Ege, auf die hat nun wirklich niemand gewartet. Er hastet heran und zieht Gisela und die Kamera von der Straße ins Kartoffelfeld. Ein Panzerkonvoi kommt flussaufwärts gerasselt. Gisela blickt sich nach dem Kind um. «Trotzdem filmen», befiehlt Ege.

Auf der Rückfahrt im Auto studiert das Kind im Rückspiegel die Stirnen der Erwachsenen. Hinter ihrer Stirn sehen Ege und Gisela bereits ihren Film. Das Kind wartet hinter seiner Stirn auf den Baum, den es von Gisela bekommen wird. Das versprochene Geschenk fährt mit.

REINSZENIERUNG

Trockene Blütenblätter werden vom Wasser mitgerissen, der Großvater spritzt sie mit dem Gartenschlauch über die Terrasse dem Rasen zu. Als er mit dem Reinigungsergebnis zufrieden ist, lässt er den Schlauch fallen und tappt in den Garten, ohne das Wasser abzudrehen. Als kleiner Fluss rieselt es über die Steinplatten, das Kind kauert daneben. Hält erst einen, dann zwei Finger in den Strom.

«Bringt der Fluss etwas Neues?», fragt es leise ins Plätschern des Wassers.

«Abwarten», antwortet der Engel und hält seinen Zweizack ins Wasser, misst und prüft, was der Fluss bringt. Eine Plastiktüte verfängt sich im Zweizack. Mit enttäuscht aufgeworfener Lippe hält der Engel dem Kind den Müll hin. «Warum willst du hier spielen? Hier ist Nichts. Nur dieser öde, gerade Fluss. Nicht einmal das Militär drüben bewegt sich. Können sie nicht wenigstens eine Schießübung machen? Für uns?»

Das Kind pickt die tropfende Plastiktüte vom Zweizack. Wohin damit? Es blickt sich um, findet nichts. Auch am anderen Ufer gibt es keinen Abfallbehälter. Der Engel balanciert auf den glitschigen Steinen am Wasser und fuchtelt mit dem Zweizack zur Kaserne rüber.

«Na los ihr Langweiler, macht mal was!», schreit er und stochert in die Luft.

«Sie werden dich nicht hören, da ist zu viel Kartoffelfeld dazwischen ...», seufzt das Kind und lässt die Plastiktüte unbemerkt wieder in den Fluss segeln.

«Abwarten», wiederholt der Engel und späht.

Das Kind steckt die Hände in die Hosentaschen. Schon mit Ege und Gisela hatten sie ewig warten müssen. Für den Film. Das Kind schaut wieder auf seine Füße, bewegt die

Zehen. Es hat wirklich schönere Füße als Ege. Weder Godo noch Anton waren gekommen, nur das Militär. Soll es dem Engel vom Film erzählen? Der Engel war schließlich auch aus einem von Eges Filmen gekommen. Nach einer Weile erfolglosen Spähens kommt er heran, stellt sich neben das Kind und lässt ebenfalls den Kopf hängen.

«Fruchtloser Boden. Fruchtlose Bemühungen», murmelt er kopfschüttelnd.

«Ich habe hier neulich schon einmal gewartet», sagt das Kind zu den vier Füßen, «in Eges Film.»

«Worauf?», fragt der Engel. In seiner Stimme ist Argwohn. «Auf Anton?»

«Nein, auf Godo. Ich hätte das wissen müssen. Ich habe den Botenjungen gespielt. Logisch, logisch. Aber ich habe mir den Namen nicht merken können. Godo kam nicht.»

«Warum habt ihr denn gewartet, wenn gar keiner kommt? Klingt nach einem langweiligen Film.»

Das Kind, irritiert über die ebenfalls logische Logik des Engels, runzelt die Stirn. War es vielleicht seine Schuld, dass sie so lange hatten warten müssen? Ege hatte gar nicht gewirkt, als würde er Godo vermissen.

Der Engel hebt skeptisch eine Augenbraue. Die Augenbraue sagt: Unke, bist du sicher?

Die Unke kauert sich flach an den Grund und versucht den Zusammenhang an der Wasseroberfläche abzulesen. Das Kind zählt eins und eins zusammen. Es ist logischerweise die Schuld des Botenjungen. Er hätte es wissen müssen. Auf wen sie warten und dass er nicht kommt. Dann hätten sie auch nicht warten brauchen. Alles hat seinen Preis. Logisch, logisch.

«Logisch, logisch …», murmelt das Kind leise. «Ege hat sich mit mir die Zeit vertrieben. Wir können das nachspielen, wenn du willst.»

«Pff … na gut …», der Engel legt widerwillig den Zweizack ins Gras. «Aber ich will auf keinen Fall Ege spielen.»

Das Kind nickt eifrig und macht ein ernstes Gesicht. Es kann Ege spielen, es hat ja aufgepasst. Und der Engel trägt auch schon die richtige Kleidung.

«Hier wäre Gisela mit der Kamera, und wir …», das Kind nimmt den Engel an der Hand, führt ihn der Straße entlang, «… wir wären zu diesem Baum gegangen, um dort auf Godo zu warten und uns die Zeit zu vertreiben.»

Wieder spürt das Kind, dass es unlogisch ist. Im Bauch fehlt das Gefühl dazu. Aber jetzt spielt das Kind Ege, und Ege wird schon wissen, was er tut. Das Kind überwindet das fehlende Gefühl und schiebt den Engel rücklings gegen den Baumstamm. Behutsam, um ihm nicht wehzutun, drückt das Kind seinen Bauch gegen den Bauch des Engels.

«Hör auf, ich muss pinkeln.» Die Stimme des Engels, gepresst und belustigt.

«Nein, das ist mein Satz.» Das Kind bohrt zwischen ihren Bäuchen nach seinem Hosenbund. «Das würde ich als Ege sagen. Ich muss pinkeln.»

Der Engel soll jetzt mitspielen. Es ist ja gleich vorbei. Doch da reißt dem Engel die Geduld.

«Das ist ein blöder Film! Eine dumme Geschichte», protestiert er und schubst das Kind weg. «Und warum hätte Gisela die Kamera da drüben aufgestellt, wo man gar nichts sieht? Wir sind ja gar nicht im Bild! Niemand wird im Bild sein. Niemand würde so einen Film anschauen wollen.»

Das Kind, vom Stoß des Engels aus der Balance geraten, liegt im Gras und versucht, die heruntergerutschte Hose hochzuziehen. Entgeistert schaut der Engel zu. Die Unke wechselt ihre Haut. Zuerst spielt sie einen Botenjungen, weiß von nichts und behauptet, das sei logisch, dann spielt sie Ege, weiß alles und verhält sich unlogisch, dann wieder ist sie der Lurch am Land und bekommt die Hose nicht hochgezogen.

«Na komm, steh auf, ich glaube, am Horizont regt sich was. Hörst du? Der Boden vibriert. Vielleicht kriegen wir hier doch noch was zu sehen.»

Das Kind rappelt sich mühsam auf. Tatsächlich. Ein Panzerkonvoi kommt angerollt. Sogar auf ihrer Seite des Flusses. Begeistert rennt der Engel zurück zu seinem Zweizack. «Her mit der Waffe. Auf zum Kampf. Mächtiger Lärm!»

«Weg von der Straße», ruft das Kind, erleichtert, wieder sich selbst spielen zu können, und läuft hinterher. Es zieht den Engel hinüber ins Kartoffelfeld.

Mit großem Gerassel zieht der Konvoi an ihnen vorbei. Schrauben und Kanten, Ketten und Rollen. Der Engel verkrallt sich freudig in den Oberarm des Kindes.

«Genauso überrollt Anton in der Unterwelt die Gebeine der Unseligen», schreit der Engel gegen das Getöse ins Ohr des Kindes.

«Mit Pistenfahrzeugen?», schreit das Kind zurück.

Der Engel hört nicht, nickt heftig. «Mit dem Streitwagen, ja.»

Der letzte Panzer des Konvois bremst ab, kommt zum Stillstand und rollt langsam rückwärts, das Kanonenrohr dreht sich quietschend Richtung Kartoffelfeld. Die runde Luke springt auf, und zwei bewaffnete Soldaten pressen sich gleichzeitig aus dem Loch. Was hier veranstaltet werde, schreit der ältere Soldat und deutet mit seinem Maschinengewehr auf das Kind im Feld.

«Wir warten», erwidert das Kind.

«Worauf?», kommt es vom Panzer.

«Auf Godo», fällt der Engel ein, stößt dem Kind den Ellbogen in die Seite und unterdrückt ein Gelächter. «Und Sie, die Herren Militär? Üben Sie den Ernstfall? Wollen Sie sich nicht etwas zu uns ins Kartoffelfeld gesellen? Im Ernstfall spielen Kartoffeln eine wichtige Rolle.»

Das Kind muss prusten, krümmt sich, bemüht um Beherrschung.

«Wir sind auf Patrouille», sagt der ältere Soldat mit versteinertem Gesicht. «Wir patrouillieren hier in diesem Gebiet. Wir haben noch zehn Panzer. Wir brauchen keine Kartoffeln.»

«Lassen Sie sich nicht verwickeln, Herr Oberfeldwebel ...», mischt sich nun der jüngere Soldat ein. «Wir sollten die Patrouille nicht warten lassen.»

Der Engel macht eine unschuldige Miene und einen Schritt auf den Panzer zu.

«Wir warten im Feld auf Godo, Herr Oberfeldwebel. Haben Sie ihn vielleicht auf ihrer Patrouille gesehen?»

«Gesichtet», korrigiert der Oberfeldwebel.

Das Kind zieht den Engel am Kragen der Lederweste zurück ins Feld und macht nun auch ein ernstes Gesicht.

«Wenn etwas gesichtet wurde, ist es zweifelsfrei gesehen worden, sagt Ege. Sagt auch der Vater. Wenn Godo vom Militär gesichtet worden ist, dann sollten wir unbedingt weiter warten. Dann wäre es vernünftig.»

Es freut sich schon auf Godo, wie er am Horizont auftaucht. Wie er heranschlendert und sagt, alles hat sich gelohnt. Hier bin ich. Und der Botenjunge hatte recht mit seiner Botschaft. Alles ist wahr.

«Godo wurde aber hier in diesem Gebiet nicht gesichtet», vermeldet der jüngere Soldat pflichtbewusst.

«Das wagen wir zu bezweifeln», erwidert der Engel.

«Wir bezweifeln es», echot das Kind. Es denkt an die Mutter, die sagt, es gibt auch Dinge, die man nicht sieht. Es denkt an Gisela, die sich oft so verhält, als wären Dinge, die man sieht, nicht da.

Nun aber bröckelt der steinerne Ernst aus dem Gesicht des Oberfeldwebels.

«Wer predigt dir denn diese Zweifel? Hier gibt es weit und breit nichts, bloß diese langweilige, gerade Straße. Dein Godo wird nicht kommen. Nicht in einer Viertelstunde, nicht am Nachmittag, niemals! Wenn Godo in absehbarer Zeit kommen würde, wäre er in dieser flachen Landschaft doch längst auszumachen!»

Unsicher wendet das Kind sich dem Engel zu, doch auch der Engel ist nicht mehr zu sehen. Vermutlich ist er nach Hause zu seinem Großvater. Zu Anton.

«Du musst aufhören zu warten. Hol besser den Großvater im Garten. Es ist schon fast Zeit für das Abendessen.»

«Allerdings!», doppelt der jüngere Soldat nach.

Der Panzer setzt sich wieder in Bewegung und fährt flussaufwärts davon. Das Wasser rauscht, der Magen knurrt. Das Kind muss aufhören. Das Kind muss den Großvater holen.

«Abendessen ist fertig!», schreit die Pflegekraft aus dem Küchenfenster. Unter dem Fenster sitzt das Kind und starrt dem über die Terrasse laufenden Wasser nach. «Und endlich den verfluchten Schlauch ausmachen!»

ERINNERUNG

Das faserige Fleisch wird immer starrer im Mund. Mit einem großen Schluck Sirup versucht das Kind, das ungewohnte Essen die Kehle hinunterzuspülen.

«Mal was Währschaftes», meint die Pflegekraft, «für's gute Blut.»

Der Großvater hat schon aufgegessen und wühlt in den Taschen seiner Windjacke. Seine Augen glitzern.

«Warum weint er?», fragt das Kind am Fleisch vorbei.

«Zuerst schlucken», sagt die Pflegekraft. Der Großvater weine doch nicht. Und selbst wenn. Man würde nicht erfahren, worüber. Chronisch tränende Augen. Darin verstecke er sich, in diesem Augenwasser. Dann lauter zum Großvater: «Hörst du? Die Kleine will wissen, was du leidest.»

Der Großvater hebt nur die dachartigen, zausen Augenbrauen, um sich das Taschentuch, das er endlich zwischen dem losen Bargeld gefunden hat, auf die Augendeckel zu drücken. In der Dunkelheit dahinter Nervenblitze und ein leuchtender Mond, das fragende Kindergesicht. Sind da Tränen im Augenwasser? Der Großvater sucht das Gefühl zu den Tränen. Macht ein paar Schwimmbewegungen im trüben Teich der Erinnerungen. Doch das Fleisch im Magen zieht ihn auf den Grund. Er lässt es geschehen. Er findet kein Gefühl und keine Antwort für das Enkelkind.

Matt von der ins Leere gelaufenen Vermittlung räumt die Pflegekraft die Teller und Glasschälchen fort, murmelt kopfschüttelnd: «Sitzt hier in der Windjacke ...»

Als der Großvater fertig ist mit den Augen, ist alles verschwunden, der Tisch leer geräumt, karg und flach. Nur das Kind sitzt noch da und schiebt mit der Zunge das Fleisch von einer Backe in die andere.

Der Großvater überlegt, was dem Kind Freude machen könnte. Seit die Großmutter das Bett nicht mehr verlassen kann, sitzen die Enkelkinder unbeschäftigt am Tisch, bis ihre Eltern sie wieder abholen. Schweigen und reißen sich Hautfetzen vom Nagelbett. Der Großvater fürchtet sich vor diesen Kindern. Ihm fehlt ein Gefühl zu ihnen. Lieber würde er wieder die Terrasse sauberspritzen. Dann ist es klar. Ein gutes Gefühl.

Er dreht sich nach der Pflegekraft um, doch die hat sich bereits mit ihrer eigenen, fernen Verwandtschaft am Telefon in den unteren Stock gerettet. Ihre amüsierten Ausrufe dringen zur stummen Tischgemeinschaft hinauf. Zwischen den Lippen des Kindes erscheint das blasse, zerkaute Stück Fleisch und gleitet heraus auf die Handfläche. Hilfesuchend sieht es zum Großvater.

Er blinzelt und räuspert sich. Entknüllt sein Taschentuch, streckt es dem Kind hin. Es lässt das Fleisch hineinfallen. Der Großvater versenkt alles in der Jackentasche, gräbt die Finger ins Bargeld. Er kann nicht mehr genau erkennen, was auf den Münzen steht, also zahlt er immer mit Noten. Das Rückgeld dann schnell in die Taschen. Schwere Taschen, Reste von Würde. Unzählbare Schätze. Das Kind könnte das Bargeld zählen und ihm dann sagen, wie viel er noch hat. Könnte sich eine Weile beschäftigen. Ob es die Zahlen schon könne? Das Kind schüttelt den Kopf. Die Schule, erst wenn der Sommer zu Ende ist. Der Großvater nickt und weiß nicht weiter. Schickt das Kind ins Krankenzimmer, zur Großmutter. Sie kann dem Kind etwas erzählen. Eine Erinnerung vielleicht.

«So kommen die Leute zusammen.» Rastlos fahren die Fingerkuppen der Großmutter über die goldene Prägung einer Einladungskarte. «Auch deine Eltern. Kurzschluss, Irrtum.»

Das Kind hat auf der Transportfläche des Rollators Platz genommen und knibbelt das krümelige Gummi von den Griffen. Argwöhnisch schielt es auf die Karte. Etwas von früher, von den Eltern. Es kann nicht überprüfen, was auf der Karte zu sehen ist. Ob die Großmutter die Wahrheit sagt oder ob ihr die Geschichten wieder durcheinanderfließen.

Die Großmutter dreht mühsam den Kopf auf dem Kissen, lächelt. Zeigt ohne hinzuschauen auf die Einladungskarte, die auf ihrem Bauch liegt.

«Deine Mutter. Hat sich das damals mit anderen jungen Leuten überlegt. Aktion haben sie es genannt.»

Die Großmutter erinnert sich. Die plötzliche Ungeduld in den Bewegungen der Tochter damals, wie sie energisch mit dem Handrücken auf die Einladungskarte klopfte. Es sei Zeit. Beerdigung der Väter. Mutter Natur. Doktor Meier. Symbolik.

«Hier schau», die Großmutter reicht dem Kind die Karte, «hier steht es in goldenen Lettern, Doktor Meier. Die jungen Leute haben sich das ausgedacht. Eine Symbolik, eine doppelte.»

«Doktor Meier», wiederholt das Kind leise und betastet nun ebenfalls die Goldprägung.

«Die jungen Leute, mit denen deine Mutter damals die Aktion gemacht hat, haben diese fingierte Abdankungseinladung einfach an irgendwelche Adressen aus dem Telefonbuch geschickt. Viele haben die Todesanzeige ernst genommen, waren schockiert. Jeder kannte irgendeinen Doktor Meier, jeder wähnte irgendeinen Doktor tot. Und alle kamen sie, ihm die letzte Ehre zu erweisen. Patienten, Studentinnen, Psychologinnen, Hausärzte, Akademiker, ganze Forschungsgremien.»

Das Kind hört einen Stolz in der Stimme der Großmutter, doch der Stolz huscht schnell wieder von der Lichtung. Er ist fehl am Platz. Natürlich hatten auch der Großvater und sie den einen oder anderen Doktor Meier gekannt. Der Kinderarzt der Familie zum Beispiel. Durch den Blick der Großmutter zieht ein Schatten. Auch sie sucht das passende Gefühl zur Erinnerung. Schaut in den Teich, der Teich wirft ein Spiegelbild zurück, wer ist diese Frau? Und kennt nicht jede Frau einen Doktor Meier? Doch, ja. Und dafür kann sie schließlich nichts. Man geht eben hin. Die Großmutter, ertappt von der Frau im Teich, blickt schnell weg. Das Kind, über die abrupte Kopfbewegung der Großmutter erschrocken, steigt vom Rollator und kommt näher an die Bettkante.

«Ist es wegen der Symboli-kk?», flüstert es besorgt. Das Wort, am Ende spitz und scharf wie der Zweizack des Engels. Sticht es die Großmutter? Der Blick des Kindes sucht Rat, fällt auf die Pillenbox auf dem Nachttisch. Wenn der Großmutter etwas wehtut, bekommt sie eine Pille von der Pflegekraft. Aber die Pillen lösen auch die Geschichten der Großmutter auf. Zerflossene Märchen ohne Moral. Und das Märchen vom Doktor Meier? Das Kind möchte es gerne fertig hören. «Bitte», sagt es und legt der Großmutter die Einladungskarte auf den Bauch.

Die Großmutter räuspert sich mühsam, findet ihre Stimme wieder.

«Die jungen Leute haben sich das zunutze gemacht. Dass dieser Name so verbreitet ist. Für ihre Symbolik. Und als sich am besagten Tag die Trauergemeinschaft versammelte, hielten die jungen Leute der Aktion ein Begräbnis ab, ein symbolisches. Gedachten aller ausgestorbenen Tierarten, die nach ihren Entdeckern und Forschervätern benannt und kurz darauf ausgerottet wurden. Deren Ableben niemanden kümmerte. Dasjenige des erfundenen Doktors Meier aber scheinbar viele kümmerte. Und sie verkündeten die Rache des Doktor Meier. Ein seltenes Tier, das gleich auch noch den Titel seines Entdeckers tragen musste. Das letzte seiner Art, verendet. Zusammengebrochen unter der Last eines auf seinem Rücken angebrachten, viel zu großen sensorischen Messgeräts. Die lebendige Grundlage, auf deren Rücken die Forscherväter ihre

Erkenntnisse einfahren, werde unbeachtet geopfert. Alles habe seinen Preis. Aber dieser Preis sei zu hoch.»

Das Kind versucht zu verstehen. Die Mutter und die jungen Leute wollten sich an den Forschervätern rächen, weil sie den Tieren ihren Namen gaben? Mit heißen Wangen fixiert es wieder die Einladungskarte, die goldene Symbolik.

Die Großmutter drückt das Erinnerungsstück ans Herz. Ihr Blick driftet über den Handrücken zum hellen Viereck des Fensters und hinaus ins Grün. Draußen trägt der Großvater das klimpernde Bargeld durch den Garten. Auch sie hatte seinen Namen bei der Heirat annehmen müssen. Trägt die Markierung, die Etikette, den Ballast. Der anklagende Blick ihrer Tochter, der trübe Nachhall davon in den Augen der Enkelin, dieser Unke von Kind, die sie an den Teich gelockt hatte und nun fragend guckt. Auf welcher Seite des Gewässers stehst du, Großmutter? Lebst du über oder unter Wasser?

Doktor Meier, goldene Symbolik. Und dann?, fragen die goldenen Augen des Unkenkindes. Es versteht wohl kaum, was seine Mutter mit dem toten Doktor Meier gewollt hatte. Wie auch? Sein Kopf summt vor hausgemachten Zusammenhängen, die Großmutter hört es. Ein ganzer Schwarm Stechmücken. Aber sie hat keine Kraft mehr, die Geschichten anzupassen an das Alter, an den Entwicklungsstand dieser Kinder und Kindeskinder. Das Märchen vom Hirsch Andreas. Das Märchen vom Doktor Meier. Welche Geschichte überdauert und welche geht verloren? Und was sagen die Doktoren zu der verlorenen Geschichte, wenn sie doch wieder auf die Lichtung an den Teich tritt? Sie sagen «tempi passati» und verschreiben Tabletten. Und dann? Und dann? Und was ist die Moral von der Geschicht? Die Großmutter nimmt den Faden wieder auf.

«Dann haben sich deine Eltern kennengelernt, an diesem symbolischen Begräbnis. Deine Mutter hat die Laudatio gehalten auf den toten Doktor Meier. Über das Kategorisieren und Wegsterben der Arten, die eingeschränkten Lebensräume unterdrückter Wesen. Über den Tod der Väter. Und dass die herrschenden Zwänge nun hier und heute mit der symbolischen Bestattung des symbolischen Doktor Meier ein Ende nehmen. Unter den geladenen Trauergästen war auch dein Vater. Dein Vater mit der Liebe zur Fauna, deine Mutter mit der Symbolik. So kamen sie zusammen.»

Der Blick der Großmutter schwenkt wieder vom Viereck des Fensters zum Kind. Da sitzt es auf dem Rollator. Auch dieses Kind wird in die Welt der Erwachsenen hineingeschoben, unaufhörlich weiter hinein. Seufzend schließt sie die Augen. Sie könnte mit dem Kind beten. Doch sie erinnert kein Gebet. Und das Kind kennt keins.

Die Pflegekraft steckt den Kopf durch die Tür. Ob es gehe mit der Großmutter, ob sie sehr konfus sei? Sie habe geometrische Empfindungen in letzter Zeit. Die neuen Medikamente seien noch nicht richtig eingestellt. Sie klopft eine rosafarbene Tablette aus der Pillenbox, legt sie der Großmutter auf die Zunge und macht sich mit der Box auf den Weg in den Garten, den Großvater suchen. Zeit für die Abendrunde.

Mit großen Augen nähert sich das Kind dem Gesicht der Großmutter, das zwischen den Kissen versunken ist. Horcht auf den Lufthauch an ihren Lippen.

«Erst jenseits der Welt, vielleicht, können die parallelen Linien zusammenkommen. Der Raum ist streng, Herr Doktor. Wenn die Zeit ihn krümmt, dann, irgendwann, dann ... vielleicht ... entsteht ein Zusammenhang.»

Dann kommt nichts mehr. Nur leises Schnarchen.

Verwirrt zieht sich das Kind vom schwer atmenden Großmutterkörper zurück. Im Flur lehnt es sich bäuchlings gegen die Kommode. Das massive Möbel, kühl und schwer, gibt ihm Halt. Lange bohrt es seinen Blick in die Augen der kleinen Tanten und Onkel auf den Familienfotos auf der Kommode. Die Linien ihrer Blicke pfeilen weit aus den Bilderrahmen heraus.

EINSCHULUNG

Bei der Einschulung tragen alle Klassenkameraden Werbeschirmmützen der im Dorf beliebten Landmaschinenhersteller. Schnell entsteht eine Fehde zwischen den Aebi- und den Metrac-Kindern. Das Kind trudelt mit seiner WWF-Schirmmütze zwischen ihnen herum. Die Fronten sind verhärtet, die Kinder drohen einander mit ihren Vätern, die stärker seien als der Anton aus Tirol. Und wilder sowieso. Dass die Aebi-Väter die Metrac-Väter windelweich schlagen würden und umgekehrt. Besonders jene Väter, die im Winter noch ein Pistenfahrzeug fahren. Die machen alles platt. Mit rot angelaufenen Köpfen schreien die Kinder ihre Kampfansagen über den Pausenhof. Auf der WWF-Mütze des Kindes ist ein grüner Comic-Laubfrosch abgebildet, der versucht, eine stark befahrene Autobahn zu überqueren. Es möchte sich selbst und den von ihren starken Vätern aufgestachelten Kindern irgendwie helfen.

Nach der Schule setzt sich das Kind zum Vater ins Büro. Der Vater telefoniert geschäftlich, der Fuß wippt und pumpt Kraft.

«Pistenverlauf! Pistenplanung! Man kann doch kein ganzes Hochmoor für eine Startrampe opfern! Für eine einmalige Ski-WM. Und die Gemeindeverwaltung schaut zu?», ruft er aus und trommelt dazu mit dem Ende des Kugelschreibers auf seine Unterlagen. Das Kind hofft, dass der geliebte Skispringer am Apparat ist, doch es folgen noch andere, interessante Begriffe. «Ombudsstelle», sagt der Vater mahnend, und «Schiedsgericht.» Die Zischlaute dieser Wörter klingen scharf und durchschlagekräftig. «Ombuzz, Schizz», wiederholt das Kind bei sich. Im Apparat wird nun länger ausgeholt. Der Telefonhörer wechselt zum anderen Ohr. Dabei blickt der Vater einen Moment in die Augen des Kindes, lächelt ihm ruhig zu. Das Kind begreift, dass die Stärke seines Vaters eine andere ist als die Stärke der wilden Pisten- und Landmaschinenväter. Und auch die Aktion der Mutter mit den toten Vätern fällt dem Kind nun wieder ein. Mit der Symboli-kk. Vielleicht kann es diese Stärken mischen und etwas gegen den Zank in der Schule unternehmen.

Es nimmt sich vom Altpapierstapel unter dem Bürotisch ein bedrucktes Blatt und malt darauf zwei Kreise. Dort, wo die Kreise sich überschneiden, liegt seine Lösung, die Stärke. «Friedensvertrag zur Durchsicht und Unterschrift», hört es die Stimme des Vaters. Friedenzz, Friedenzz, St. Morizz, wiederholt das Kind still. Die beiden Friedenzkreise liegen wie Engelflügel über den gedruckten Rechtecken und Buchstaben auf dem Papier. Das ist der Friedenzvertrag. Zwischen ihm und den anderen Kindern. Das Kind hofft, dass sich die Wirkung dann auch auf die Väter überträgt, wenn der Vertrag erstmal unterschrieben ist.

Mit dem Papier in der Hand steuert das Kind den Pingpongtisch an. Auf dem Tisch sitzt in Anführerpose der Anführer, umringt von ein paar Untergebenen, Bewunderern und

Bewachern. Das Herz klopft dem Kind bis zum Hals. Ärgerlich, dass es selbst, ohne irgendeinen Unfrieden gestiftet zu haben, in einen Friedenzvertrag verwickelt ist. Aber jemand muss ja die Aktion machen.

Der Brillenlurch solle nicht näher kommen, rufen die Bewacher, das Kind habe Aids und sei arrogant.

Aids und Arroganz sind schlimme Dinge, aber das Kind muss hin, es muss zumindest versuchen, bis zum Anführer zu gelangen. «Ombuzz, Schizz, Friedenz», flüstert es tonlos bei sich, «Ombuzz, Schizz, Friedenz». Die Zischlaute machen ihm Hoffnung. Es nimmt allen Mut zusammen, macht nochmal ein paar Schritte auf den Pingpongtisch zu.

Angewidert weicht die Gruppe zurück, um das Kind durchzulassen. Die Untergebenen wedeln mit der Hand vor der gerümpften Nase, die Bewacher streichen sich mit dem Mittelfinger über die Lippen. Nur der Anführer baumelt gelassen mit den Beinen, er braucht sich nicht zu fürchten, denn er ist der Anführer. Mit höhnischem Gesicht nimmt er das Papier entgegen. Die anderen Kinder kommen vorsichtig näher und sammeln sich wieder an der Tischkante hinter ihm. Das Kind reicht einen Kugelschreiber hinterher.

Ein offizielles Papier, soso, raunt der Anführer und betrachtet eine unerträgliche Ewigkeit lang die zwei gezeichneten Kreise. Schließlich malt er ein krakeliges Kreuz darunter.

Das Kind traut seinen Augen nicht und auch die Untergebenen glotzen ungläubig. Ein besonders schmächtiger Junge drängt sich an die Seite des Anführers, stellt sich auf die Zehenspitzen und schielt auf den Vertrag. Man lässt ihn. Er ist der Schwächste, deshalb lässt man ihn. Nervös verfolgt das Kind seinen Zeigefinger, der den Kreisen und den kleinen, vorgedruckten Vierecken des Vaters auf dem Vertrag entlangfährt. Mit listigen, zusammengekniffenen Äuglein untersucht er das Papier. Starr wartet das Kind ab. Ombuzz, Symboli-kk. Es denkt an den Vater, an die Mutter. Auf keinen Fall dürfen sie in dieses Schlamassel mit hineingezogen werden. Sie würden zerbrechen, ist das Kind überzeugt. Zerbrechen am Aids, an der Arroganz, an der unbegreiflichen Gemeinheit. An den starken, wilden Vätern, die alles platt machen, zack. Es ist einfach so. Es ist so. Es gibt keine vernünftige Erklärung. Wenn der Friedenzvertrag es nicht beenden kann, kann es niemand.

Das Kind hat Bauchschmerzen. Ein Ziehen und Drücken im Magen, kaum auszuhalten. Die Organe sagen: Versagt. Der Vertrag hat versagt. Der Friedenzvertrag hat nicht die gewünschte Wirkung gehabt. Zusammengeknüllt und angekokelt lag er nach Schulschluss in seinem Finkenfach. Es reibt den schmerzenden Bauch, krümmt sich, richtet sich wieder auf, befragt den Bauch, und der Bauch antwortet: Erinnere dich, die wichtigen, kühlen Atteste des Heilers, die du damals an dich genommen hast. Als du noch im Wasser gesessen hast jede Nacht, Unke. In der Blechschatulle. Und Weh hast du ja. Es ist nicht gelogen, es ist notwendig. Es ist Unfrieden, trotz Vertrag. Wenn ein Papier nichts bewirkt, kann vielleicht ein anderes helfen.

Das Kind braucht ein Papier und einen Ort, um zu verschwinden. Aber auf den Straßen und den Wiesen, ja sogar im Wald begegnet man Leuten, die Fragen stellen. Sogar unten am Fluss kommt irgendwann das Militär, oder doch noch Godo. Wohin also?, fragt das Kind den Bauch. Ins Wasser, ins Wasser, stöhnt der Bauch. Im Bachbett trifft

man niemanden. Keine Klassenkameraden, keine Land-
maschinen und keine wilden, starken Väter.

Der Briefkasten der Schule schluckt das Attest und verschließt die Augen. Das Kind zieht die Schirmmütze mit
dem Frosch tief ins Gesicht und eilt den Schulweg zurück
ins Tobel. Wenn Frösche eine Beute runterschlucken, drücken sie die Augen zu.

Für einen Moment gibt es keine Feinde. Das Wetter ist
schön, der Bach transportiert schon etwas Laub, aber in
den sonnigen Flecken ist genug Wärme. Am Morgen
bleibt alles angenehm. Das Kind steigt im Bachbett hoch
und runter, klettert in die Wipfel. Sitzt lange in einer Birke
und studiert die beiden Kirchtürme. Erst läutet der eine,
aber schon nach dem ersten Glockenschlag fällt der andere ein, sie lärmen übereinander. Wie soll es so die Uhrzeit
zählen?

Erst als das Geläut aufhört, bemerkt es das Geraschel
unter dem Baum. Am Boden bewegt sich etwas. Vor Schreck
fällt das Kind fast von seinem Ast. Wildschweine im Unterholz. Wenn die Bachen Junge haben, verstehen sie keinen
Spaß, ermahnt sich das Kind mit der Stimme des Vaters.
Erst als sie weitergezogen sind, steigt das Kind hinunter.
Tiefe Furchen im Waldboden, Steine und Erdschollen liegen zur Seite geschleudert. Beeindruckt untersucht das
Kind die Spuren. Zu Weihnachten wird es sich auch solche
mächtigen Stoßzähne wünschen, vom Christkind. Das
wird die Kinder in der Schule das Fürchten lehren.

«Ich brauche Stoßzähne!», ruft es ins Bachbett hinunter.
«Dringend!»

Das Bachbett hört und rauscht.

«Wirklich!», schreit das Kind und horcht auf Antwort.
Im Rauschen des Bachs glaubt es, das Kichern des Engels

zu hören. Der Engel wird es hoffentlich gehört haben. Er kann es dem Christkind weitersagen.

Aber was wird das Kind weitersagen? Den Eltern am Abend? Es kann sagen: Die Uhr schlägt drei. Damit sie wissen, was es in der Schule lernt. An der Wand im Klassenzimmer hat es eine Tafel mit dem Kreislauf des Wassers gesehen. Es fließt vom Berg runter als Bach, in den See, fließt dann vom See in den Fluss, zum Meer und nach Kalifornien. Niemand wird Verdacht schöpfen. Das Kind legt sich rücklings auf einen großen Stein und stellt sich vor, wie das Wasser in Kalifornien als Nebel aus dem Meer steigt und hoch in den Himmel will. Doch der Berg stellt sich ihm in den Weg. An mir kommst du nicht vorbei. Die Wolke, todtraurig, wird grau und kann das Wasser nicht mehr halten. Auf die Unterarme und Schienbeine fallen Regentropfen. Beunruhigt setzt das Kind sich auf. Ist es eingeschlafen? Der Himmel über dem Bachbett ist nicht mehr blau.

Wenig später tobt im Bachbett bereits eine braune Soße, reißt Geröll und Gehölz mit sich. Durchnässt kauert das Kind unter einer Föhre und umfasst seinen kalten Rumpf. Kein geeigneter Lebensraum für uns, Unke, sagt der Bauch. Das Kind muss einen anderen, ungestörten Ort finden. Eine Nische, wo niemand hinschaut.

EINFALL

Bevor es in den Windfang der philosophischen Praxis tritt, schiebt das Kind den nassen Schulranzen zwischen Eges zusammengeklappte Sonnenliegen, die sich unter dem schmalen Vordach drängen.

Im Windfang stößt es mit Gisela zusammen. Das ist nicht gut. Gisela weiß zu viel über die Außenwelt. Genug, um vielleicht zu ahnen, dass das Kind jetzt eigentlich in der Schule sitzen müsste. Hastig versucht das Kind die beschlagene Brille am klitschnassen T-Shirt trocken zu reiben. Es muss den Gesichtsausdruck von Gisela lesen und schnell etwas Passendes sagen.

Doch Gisela ist einfach nur erfreut über den Besuch. Sie ist damit beschäftigt, den Windfang zu verschönern. Jetzt, wo der Herbst komme. Was das Kind von diesen Bildern halte? Hübsch, oder? Eine spanische Tänzerin. Und das ist die Insel Kreta. Dort versinkt die Sonne im türkisenen Wasser, und die Luft riecht nach Yasminblüten. Und hier der Taj Mahal, von Hand gestickt. Ein Palast ganz aus Marmor, so was Eindrückliches habe sie noch nie gesehen. Gisela befühlt die goldene Quaste unter der Stickerei. Das bringe Glück. Ein bisschen Glück für Ege.

Das Kind heftet den Blick auf Eges Türklopfer. Ein schwarzer Katzenkopf, der eine weiße Kugel zwischen den Zähnen hält. «Das auch?»

«Nein, das nicht.» Über Giselas Gesicht huscht ein Frost. Damit wolle Ege sie provozieren. Eges Romanze mit dem Abgründigen, kindisch. Aber jetzt husch, winkt Gisela, das Kind sei ja pitschnass? Gisela hängt die nassen Kleider in ihrem Badezimmer über die Heizung und hüllt das Kind in ihren weichen, gelben Bademantel. Hell und strahlend wie eine Sonnenblume sehe es jetzt aus, eingepackt wie ein Geschenk.

Dem Kind ist Giselas Geplapper unangenehm. Es will kein Geschenk sein, es will bloß in eine Nische schlüpfen, bis der Regen vorbei ist. Es schielt zur Treppe.

Es solle ruhig hinuntergehen zu Ege, nickt Gisela. Ein wenig Ablenkung komme ihm bestimmt gelegen. Seit er aus der Entzugsklinik zurück sei, schwele er da unten in seinem eigenen Rauch und stochere im Gedankenkompost, genannt Lebenswerk. Sie werde derweil endlich mal den anderen Müll entsorgen.

Froh, nicht mit Gisela Glücksbringer für den Windfang basteln zu müssen, rafft das Kind den zu langen Bademantel und steigt die Treppe runter in Eges Reich.

Wenig später dringen die Klänge des Klaviers zu Gisela empor. Vielleicht schauen sie einen Film zusammen? Und vielleicht schläft Ege dann endlich ein. Ein nie dagewesener Frieden, ein Geschenk. Jemand ist bei Ege. Eigentlich praktisch. Gisela kann den Haushalt ein wenig in Schuss, das Altglas wegbringen. Vielleicht ein paar Tage wegfahren, dem Kind ein Taschengeld geben. Alles hat seinen Preis. Das Kind hat doch auch ein Interesse.

ABFALL

Mit energischen Bewegungen stopft Gisela die zusammengefalteten Patisserieschachteln in den Altpapierschlitz. Erdbeertörtchen und Vanillestangen, schmierige Besänftigung. Eifrig hantiert Gisela zwischen den großen Recyclingcontainern der Gemeinde, im Geschepper der Lebensreste. Zu ihren Füßen der Korb voller Altglas. Und daneben noch einer. Und noch einer. Wenn sie regelmäßiger Zeit fände zu entsorgen ...

Aber würde es erträglicher?, fragt sich Gisela. Würde sie sich nicht noch viel offensichtlicher in den Dienst von Eges Überlebenskreislauf stellen, wenn sie versuchen würde, die leeren Flaschen wohldosiert verschwinden zu lassen? Reibungslose Abläufe, das Hinterherhinken weglächeln. Die Absenzen schmieren mit Patisserie. Immer der nächsten Enttäuschung entgegen.

«Erneuter Abusus», hatte der Chefarzt in der Entzugsklinik bei der Schlussvisite gesagt.

«Überlebenselixier! Therapeutikum!», sagte Ege.

Gisela sagte nichts und nahm dem Arzt die Bezeichnung ab, nahm sie an sich. Nahm auch Ege die Bezeichnung ab, bevor er sie noch mehr umdeuten musste, um ihrer Bestimmung zu entkommen.

Von wo bis wo bestimmt die Bezeichnung?, fragt sich Gisela. Der Regen prasselt blechern auf die Entsorgungscontainer. Die Bezeichnung reicht bestimmt von der Kellertreppe, wo der Wein bereitsteht, bis zum Arbeitszimmer und endet dann meist auf der Sonnenliege oder im Bett. Und auf weniger bestimmende Art bestimmt der erneute Abusus auch den Start- und Endpunkt von Giselas Reisen, lenkt ihre Ausflüge immer wieder frühzeitig auf Eges Umlaufbahn zurück, bis sie, von der Schwere des Abusus, der erneuten Schmach wieder angezogen, aufsetzt, auf dem Parkplatz vor dem Haus ankommt, die beschafften Flaschen auslädt, sie hoch ins Haus schleppt, mit ihrem Kauf auf Dankbarkeit spekulierend. Am liebsten würde sie Ege den Wein gleich persönlich in die Kehle gießen. Mittlerweile ist sie so entkräftet, dass sie kaum den Arm hochkriegt, um die leeren Flaschen durch den schwarzen Gummianus des Glascontainers zu schieben. Saurer, öliger Geruch strömt von der Lauge am Fuß des Containers hoch. Ausgelaugt, denkt Gisela. Und der Entzug, erfolglos.

«Konkurrenz mit Substanz», hatte der Chefarzt dann noch angefügt, als Ege sich bereits mit hohlen Augen in Bewegung gesetzt hatte, aus dem Zimmer und raus auf den Parkplatz der Entzugsklinik gewankt war, um auf dem Beifahrersitz Platz zu nehmen. Gisela nahm auch diese Bemitleidung tapfer entgegen. Nahm auch die Tasche voller Jogginghosen und Lindor-Kugeln, die Ege auf dem Klinikbett vergessen hatte.

Dann zu Hause die Drangsal der Abstinenz. Plötzlich dieser Blick, der ihr folgte. Dann auch der ganze Ege. Folgte Gisela auf ihren Wegen durch das Haus, kam hoch in die obere Wohnung und wollte Ersatz für das ihm Genommene. Konnte die Zusammenhänge des Lebenswerks nicht mehr nachvollziehen. Zog stattdessen ihr nach. Ege auf der Türschwelle, Ege in ihrer Badewanne, Ege überall. Eges taube Beine eingehüllt in eine Wolldecke, am helllichten Tag, auf ihrem Balkon. Giselas Finger, die unermüdlich alles zurechtzupften. Eges Finger, die nachts desorientiert die Fransen der Wolldecke zausten.

Vom Balkongeländer aus verfolgten die Gipsfiguren ihr stummes Ringen. Gisela rennt an gegen die Substanz. Keinen Meter legte sie mehr zurück. Bezeichnung, Bestimmung. Die vorgesehene Laufbahn als Komplizin brachte den Satellit Gisela schnell wieder auf Kurs.

Jetzt erträgt Gisela keine nüchterne Stunde mehr, vormittags schon wird sie nervös, wenn sie Ege durch die Zimmer der unteren Wohnung knarren hört. Hofft, er möge nur baldmöglichst viel trinken, möglichst ohne Pause, ohne Besinnung. Hofft, er möge nicht merken, dass erst sein Absinken in die leblosen Zusammenhänge, in die Betäubung und schließlich ins Bett sie freispricht. Sie schiebt den Fernseher auf seinem kleinen Rollwagen vom Arbeitszimmer hinüber ans Fußende des Bettes. Die Pflegeklammer, geschlossen.

Plötzlich überkommt Gisela ein heftiger Ekel. Die Gerüche der Entsorgungsstation steigen überscharf aus den Gummilöchern auf. Verwesung. Gisela taumelt rückwärts, stößt mit dem Grüngutcontainer zusammen. Sie reibt sich die Augen, hört ihren Puls im Trommelfell, ein Druck legt sich auf ihre Brust. Gisela dreht sich nach dem offenen Kofferraum um. Hat sie etwas vergessen? Da, ein Stapel Altpapier. Sie hatte ihn da liegen lassen, damit der Regen ihn nicht aufweicht.

Gisela setzt sich neben den Stapel in den Schutz des offenen Kofferraumdeckels, betastet ihren Hals. Kein Grund zur Sorge. Nur etwas Altpapier. Der Wetterwechsel macht ihr wohl zu schaffen. Ihr Blick fällt auf das oberste Blatt Papier. Da liegt ein Brief vom Jugendamt Berlin. Irritiert greift Gisela danach. Wie war er im Altpapier gelandet? War Ege auf einer Abstinenzodyssee an ihren Schubladen gewesen?

Tempi passati, hatte Ege vor vielen Jahren, als der erste Brief des Jugendamtes aus Berlin eintraf, gesagt und mit den Schultern gezuckt. Es seien halt solche Zeiten gewesen. Der Lehrauftrag an der Uni, dann die Studentin. Sie habe ihm diesen Sohn abgenötigt. Sie sei selbst schuld.

Immer war alles schon vorbei und nicht mehr der Rede wert. Gisela aber hat alle weiteren Briefe vom Jugendamt pflichtbewusst in einem Ordner abgeheftet und diesen Sohn, dessen Mutter in den ersten Jahren grobe Anschuldigungen formulierte, in ihr Leben eingepflegt. Hat alles unternommen, um diesen menschgewordenen Beweis in Fröhlichkeit aufzulösen. Denn Ege hat es nie gekümmert. Die Konsequenzen nicht, die Wahrheit nicht.

Gisela starrt geblendet auf das Papier. Winzige Risse tun sich in der intakten Fläche auf. Die Teile verschieben sich auf einmal, kreuz und quer und gegeneinander, wirres Liniengewimmel. Gisela betastet die ausgerissenen Löcher am linken Rand des Papiers. Warum sabotiert Ege ihre Ordnung? Ist die Geschichte des Sohns reif für die Müllabfuhr? Oder ist ihm ihre Tragweite in dem kurzen, rauschlosen

Zeitraum nach der Klinik erst klar geworden? Eine ohnmächtige Wut überkommt sie. Nie hatte Ege die Gesamtheit seines Sohns interessiert. Ege liebte immer nur Ausschnitte, ein kurzes Vergnügen, eine kleine Verschwörung, hinter verschlossener Tür lachten die beiden über Gisela. Und kurz nachdem der Sohn das Schulalter erreicht hatte, deklarierte Ege ihn als von der Außenwelt verdorben, überließ ihn wieder Giselas Obhut.

Gisela kämpft sich widerwillig aus der Lähmung, sammelt die nassen Körbe ein und wirft sie in den Kofferraum zu den Briefen vom Jugendamt. Sie muss nach Ege schauen. Nach dem Nachbarskind. Sie hat es ihm dagelassen. Und es kann nicht aufpassen. Nicht auf Ege, nicht auf sich.

Das Unterhemd, noch ein wenig feucht, geht schlecht über die Schultern. Aber es riecht nicht nach Rauch, das ist die Hauptsache. In der Schule wird nicht geraucht, das wissen die Eltern. Mehr sollen sie nicht wissen. Vielleicht nach Weihnachten wird das Kind wieder zur Schule gehen. Wenn die Stoßzähne da sind. Und die Bauchschmerzen aufhören.

Das Kind prüft die Hose auf der Heizung. Die Wölbungen des Radiators unter dem Stoff, warm und hart. Es lässt die Hand eine Weile darauf liegen, betrachtet seine nackten Beine, daran die Füße auf dem abgewetzten, runden Badewannenvorleger. Zwischen den Zehen das blasse Rosa. Der Blick dringt durch den Vorleger, den Boden, die Stockwerke.

Das Kind hebt den Kopf, will weg von dieser Tiefe, die sich zwischen seinen Füßen aufgetan hat. Zurück ans Ufer. An der Fensterscheibe über der Heizung die Bahnen der Regentropfen, ein Trommeln von weit her. Das Kind hält die Luft an.

Da reißt Gisela die Tür zum Badezimmer auf. Halb angezogen und wie versteinert steht das Kind an der Heizung, das Gesicht zur Decke gewandt, und hält die Luft an. Gisela stürzt zum Kind, packt es an den Schultern. Rüttelt es so heftig, dass ihm die Brille von der Nase rutscht. Gisela richtet sie wieder, umfasst den Kinderkopf mit beiden Händen. Das Kind atmet noch immer nicht.

Gisela sucht in seinen Augen nach dem Blick. Doch er geht durch sie hindurch und fixiert etwas Unsichtbares. Hinter Giselas Rücken hebt der Engel den Bademantel vom Boden auf, wirft ihn sich um und tritt vor den Spiegel. Streichelt nachdenklich den flauschigen Frotteestoff. Dreht sich, wendet sich, schmeichelt.

«Ein schönes Bild, ein bekanntes Bild. Das hat mir damals auch gut gestanden», raunt er sich selbst zu. Dann fällt sein Blick über den Spiegel in die Augen des Kindes. «Das war eindeutig der bessere Film, oder, Unke? Der Botenjunge, wieder da zum Zeitvertreib. Ein nackter Engel, ein Geschenk. Dagelassen. Logisch, logisch.»

Da endlich durchbricht das Kind die Starre, schnappt nach Luft und reißt den Kopf aus Giselas Händen. Blitzschnell angelt es seine noch feuchte Hose von der Heizung und rennt, ohne sie anzuziehen, aus dem Bad und aus dem Haus. Entgeistert dreht sich Gisela um die eigene Achse.

SEHVERMÖGEN

Einige Tage spult Gisela die Erinnerungen in ihrem Kopf vor und zurück. Die Briefe wieder aus dem Zwischenreich des Kofferraums zurück ins Haus zu tragen wäre albern. Sie wegzuwerfen symbolischer Unsinn. Die Hoheit über die Chronologie der gemeinsamen Ereignisse nützt nichts, wenn Ege egal ist, ob es sie überhaupt gibt. Briefe hin, Briefe her.

In den Briefen die Forderungen nach Geld, nach Vergeltung und nach Anerkennung, die Studentin der Medientheorie in Berlin, die Studentin von Ege – der Sohn dieser Studentin, Eges Sohn. Das Nachbarskind, das ihr halb nackt entwischt ist. Eine unaufhaltsame Dynamik. Wird ihr rechtschaffener Briefwechsel mit irgendeinem Jugendamt in Berlin überhaupt aufwiegen können, was Ege da unten archiviert? Widerstrebend steigt Gisela die Treppen hinunter und nähert sich dem schmalen Wandschrank mit Eges DV-Kassetten. Papier oder Videoband. Welches ist das beständigere Medium?

Ihre Vernunft sagt, Papier überdauert ewig. Halte dich am Papier fest. Aber das fehlende Gefühl in Gisela kreiert ein Vakuum, das die Vernunft mitsamt allem Altpapier fortreißt. Die Türen des Windfangs knallen zu. Mit vor Angst tauben Fingern schiebt Gisela die Videokassetten aus dem Wandschrank eine nach der anderen in den Camcorder. Bald stößt sie auf ihre Aufnahme der beiden Kinder, das Nachbarskind, klein und tapsig, und der Sohn, lang und unproportioniert, schon fast in der Pubertät. Sitzen nebeneinander auf der Böschung, die Beine angezogen, und rupfen Kleeblüten aus dem Grün. Der Sohn reißt Gras aus und wirft es nach Gisela.

Die Kassette, beschriftet, bestätigt ihre Erinnerung: Besuch aus Berlin, Sommer 1995. Klee, Sohn, Nachbarskind – nichts Ungewöhnliches. Noch einmal späht sie in den Wandschrank, wühlt in der zweiten Reihe nach älterem Material, erinnert sich, dass irgendwann das Videoformat gewechselt hatte, dass die älteren, sperrigen Kassetten unmöglich hier hineingepasst hätten.

Unter Eges Schreibtisch findet sie schließlich einen Karton mit VHS-Kassetten. Sie prüft die Beschriftungen. Beckett schaufelt Schnee – Winter 1984, Orpheus im Shoppyland – Frühling 1986, Hitzemonolog auf Kreta – Sommerferien 1986 – Amor und Hermes, laszive Putten unter sich – Herbst 1987.

Gisela erstarrt. Sie ahnt ein Bild zu diesem Titel, doch die Kassette passt nicht in den schlanken Camcorder. Und das Bild passt nicht in Giselas Erinnerung. Die Kassette mit klammen Fingern umkrallt, irrt sie durchs Halbdunkel, findet Eges Haarkranz beim Projektor. Er sitzt auf einem der Kinosessel, der Film ist zu Ende, stummes Bildrauschen. Eges Füße sind in die Pedalen des elektronischen Fahrradautomaten geschnallt, den die Entzugsklinik für die Fitness empfohlen hatte. Rotieren an der Drehscheibe.

«Ergibt alles Sinn», sagt der Haarkranz, ohne sich umzudrehen, als Gisela ihm wortlos die VHS-Kassette hinhält. Ege, für einmal völlig klar.

«Die Subrealität ist aufdringlich. Die Bilder der Vergangenheit werden überschrieben. Schnee von gestern, tempi passati. Aber das heißt nicht, dass sie nicht mehr am Leben sein wollen. Sie drücken an die Oberfläche. Eine Überblendung.»

Das sei zu erwarten gewesen. Auch er kriege viel zu oft Besuch. Eges Unterkörper radelt entkoppelt und geisterhaft vor sich hin, während Eges obere Hälfte sich nun mühsam zu Gisela umzuwenden versucht.

Schon lange hat Gisela keine solche Sorge mehr in Eges Gesicht gelesen. Sorge um Gisela. Nicht der Wein, nicht das Lebenswerk, nicht die zunehmende Verdummung der Außenwelt sind das Problem. Gisela macht Ege Sorgen.

Ob Gisela denn auch heimgesucht werde? Von diesem elenden Engel?

Gisela wagt weder zu fragen, ob Ege mit dem Engel Amor, Hermes oder eine der lasziven Putten meint, noch was genau auf der VHS-Kassette in ihrer Hand zu sehen wäre. Will sie überhaupt wissen, wer oder was Ege befohlen hat, ihren Briefwechsel mit dem Jugendamt zu beseitigen? Eine mächtige Leere breitet sich in ihrem Kopf aus, will Gisela aus ihrer eigenen Wahrnehmung drängen.

Doch Gisela hält dagegen. Zählt innerlich auf, was sie weiß. Sie weiß, dass Ege, ursprünglich ausgezogen, im wilden Berlin die wilden Windungen der Medientheorie zu unterrichten, in die Heimat zurückgekehrt war, obwohl er die Schweiz nach seiner Berufung nur noch abfällig als intellektuell kastrierte Gletschermoräne bezeichnet hatte. Gisela erinnert sich, dass er nur meinte, «Wer B sagt, muss auch A sagen», und weiter keine Erklärung für den Abbruch seiner Laufbahn gab. Wie sie erstaunt und froh war, dass Berlin ihn wieder ausgespuckt hatte. Dann der gemeinsame Hauskauf, der Umzug in die Berge, ins Dorf, die Medienpraxis, keine Patienten, keine philosophische Behandlung, leere Flaschen. Der erste Brief vom Jugendamt Berlin, adressiert an den Ort des Geschehens.

Aber was war denn geschehen? Was war mit dem Engel geschehen? Und wo war es festgehalten? Auf der Videokassette oder in den Briefen?

Dieser Briefwechsel sei doch ein völlig verstaubtes Relikt, lacht Ege. Der Sohn habe nun beinahe den hormonellen Zenit überschritten und sicher bald außer schnellen Autos nichts mehr im Kopf. Damals, als der erste Brief kam, da sei ja noch alles offen gewesen. Hingebungsvoll habe Gisela sich gekümmert um diesen Windelmenschen. «Wirklich hervorragend», sagt Ege. «Obwohl es ein angehängter Sohn war.» Auch wenn die Studentin ihm diesen Sohn abgenötigt habe, so sehr habe sie ihn bewundert. In der Badeanstalt dann plötzlich der runde Bauch. Er habe sofort für Abtreibung plädiert, doch dafür sei es schon zu spät gewesen. Aber das wisse Gisela doch alles.

«War ja nie ein Geheimnis», pafft Ege und drückt die Zigarette auf dem unbeweglichen Lenker des Radelgeräts aus.

Die Vaterschaft sei ja anerkannt, fährt Ege fort. Die Alimente, all diesen materiellen Schwachsinn habe man ja regeln müssen, auch den Bezeugungshokuspokus, ärgert sich Ege. «Dies ist der Körper meines Sohns. Hoc est corpus filii mei, Amen. Zauberhaft.» Und eine Weile war es das. Ein Trugbild jedoch. Der Körper wurde wie alle Körper älter, der Verstand darin reifte heran und zerfraß alle Liebe, allen Spielraum. Ende der Bezauberung. Eges Knie gehen hoch und runter, geschoben, gezogen, gehoben, geführt vom Bewegungsautomat.

Nun kommt eine automatische Bewegung in Gisela hinzu. Etwas muss getan werden. Sie kann doch nicht tatenlos zusehen. Im Licht des Projektors hängt Zigarettenrauch, und Gisela sieht darin die Hoffnung auf Umdeutungen. Sie will dem Jugendamt, der fernen Mutter dieses Sohns von Berlin einen letzten Antwortbrief schicken. Jetzt. Nochmal alles ins rechte Licht rücken. Sie besteht darauf.

«Fast zwei Jahrzehnte später?» So wichtig sei's nun auch wieder nicht, meint Ege und gebietet dem autonomen Gestrampel seiner Beine per Knopfdruck Einhalt. Ende der Vorführung. An Ort und Stelle spulen, bis einen die Vergangenheit einholt? Nein Danke. Gisela solle doch endlich diese alte Kassette weglegen, die wolle er sich nun wirklich nicht anschauen. Tempi passati. Jetzt gäbe es ja frische Bilder mit dem frischen Nachbarkind.

ABSICHT

Die Handtasche an den Bauch gedrückt, starrt Gisela auf den Faserpelz vor ihr in der Schlange und wartet. Nur ein Postschalter ist bedient, der Angestellte, fröhlich tratschend mit einem orangefarbenen Gemeindearbeiter, lässt sich Zeit. In der Handtasche der letzte Brief ans Jugendamt. Bevor Ege jegliche Hemmungen ablegt und die Verschwiegenheit der Videokassetten bricht, will Gisela ihre Sichtweise in die Erzählung einweben. Auf Papier, als Brief. Will die sich anbahnende Demenz, die zunehmende Unzurechnungsfähigkeit Eges rechtzeitig einläuten, sie beide bedauern und sicherstellen, dass jegliche Äußerungen Eges keinerlei Zusammenhang haben.

Hat sie richtig gehandelt? Zweifel ziehen an der Handtasche, ziehen an Gisela. Sie seufzt. Der Faserpelz vor ihr seufzt.

«Es geht nicht voran», sagt er über die Schulter, «die Streckenführung für den Herbstlauf ist Thema ...» Mit einem entschuldigenden Gesicht dreht sich der Faserpelz zu Gisela um.

Gisela klippt nervös den Verschluss ihrer Handtasche zu. Der Faserpelz vor ihr in der Schlange war schon die ganze Zeit der Vater des Nachbarkinds. Der Blick des Vaters wandert von dem Klickgeräusch der Handtasche hinauf. Groß wie eine Eule blickt er ihr ins Gesicht. Ob er sehen kann, was sich in der Tasche befindet? Ob er die Worte im Brief mit seinen Eulenaugen gelesen hat? Die Worte, die Gisela, vermutlich Jahrzehnte zu spät, formuliert hat, um eine längst verselbständigte, außer Rand und Band geratene Dynamik abzufedern.

Die Subrealität, Geschichten, Bilder und Kinder dringen herauf. Gisela würde sich am liebsten an die Faserpelzbrust des Vaters werfen, sich ihm anvertrauen. Es war doch nicht abzusehen gewesen. Wie umfassend Ege sich von allen Zwängen befreien wollte. Was hätte sie denn tun sollen? Mit den Kindern, oder für, oder gegen sie? Sie fernhalten, um sie zu schützen? Es war doch keine Absicht gewesen. Der Nachbarsvater soll die bösen Blicke abwenden mit seinen Eulenaugen. Soll Gisela in Schutz nehmen, ihre Spezies. Diese Spezies, die ständig Raum für andere schafft und selbst keine Nische findet.

Betroffen verfolgt der Vater die verzweifelten Zustände in Giselas Gesicht. Ob etwas geschehen sei?

«Nun ja …» Gisela, nun unsicher, ob die Frage eher auf Verhör oder Verständnis hindeutet, blickt zu Boden. Zuunterst im Regal neben ihren Füßen liegt ein Lebensratgeber. «Kinder des Lichts – erkennen, lieben, begleiten.» Schnell blickt Gisela wieder auf. Warum tauchen diese Kinder auf? Drängen sich auf? Und wessen Kinder sind es? Nicht ihre. So viel ist klar. Aber was soll sie antworten? Sie muss jetzt irgendwas zu diesem Vater sagen. Irgendetwas, irgendeine Wahrheit. Hilfesuchend schaut sie in der Post umher, heftet den Blick erst an die ausgestellten Briefmarken hinter dem Glas, dann an den Kalender neben dem Schalter.

September. Es ist September. Etwas steht fest. Das rote Viereck, fast schon am Ende des Monats angelangt, bezeugt den linearen Verlauf der Zeit. Da kommt Gisela die rettende Eingebung. Das Kind der Nachbarn führt seine Eltern hinters Licht. Es schwänzt die Schule und benutzt Ege nur als Versteck. Es ist selbst kein Engel. Es ist selbst schuld.

«Euer Kind geht nicht zur Schule! Es schwänzt!», hört sie ihre eigene Stimme in der Postfiliale auftrumpfen.

Niemand kann sich recht erklären, wie das Kind diese Täuschung bewerkstelligt hat. Zu seiner Verteidigung hält der

Klassenlehrer der Mutter beim Elterngespräch das ärztliche Attest unter die Nase. Das sei doch dieser verquere Naturdoktor von unten am See, aber der sei ja laut Bezeichnung auch FMH, also wie solle er da auf die Idee kommen, dass das gefälscht sei? Da gehe er doch davon aus, dass das Kind zu Hause und krank sei!? Sowieso sei das doch krank, was denn mit dem Kind nicht stimme. Wenn es sich solch abgekartete Strategien ausdenke.

Verdattert kratzt der Vater mit dem Fingernagel am Stempel. Das Datum sei zwar etwas kritzlig eingetragen, aber bei solchen Naturdoktoren ... findet der Lehrer. Das Attest habe er in seinem Briefkasten gefunden und sich nichts weiter dabei gedacht. Sie, die Eltern, hätten sich ja auch nie besonders kontaktfreudig gegeben.

«Kontakt? Kontakt?!», entfährt es der Mutter. «Kuchenback- und Puddingolympiade im Mütterverein?!»

Der Vater legt ihr beschwichtigend die Hand auf den Rücken.

«Und MuKi! Und VaKi-Turnen. VaKi-Turnen!» Darauf müsse man ja erstmal kommen, das als Kontakt zu bezeichnen! Mit Leuten wie ihm werde sie sich nicht einmal zanken, faucht die Mutter und knallt dem Lehrer das gefälschte Attest aufs Pult. Ihr sei es egal, ob das Kind hier oder anderswo etwas lerne, es werde schon seine Gründe haben, wenn es zu solchen Mitteln greife.

Der Vater greift sich seufzend an die Nasenwurzel. «Mediation könnte bei Mobbing eine niederschwellige Lösung sein», schlägt der Vater vor.

Das findet der Klassenlehrer amüsant, aber nun wirklich nicht dienlich. Ein solches Tamtam würde die Situation des Kindes nur noch verschlimmern. Dass man bei einem so gravierenden Fall von Unbeliebtheit nur den Übertritt in die Oberstufe herbeiwarten könne. Da werde dann ein gewisser Teil der Klasse in der Realschule sitzenbleiben, und wenn das Kind Glück hätte, würden die Karten neu gemischt. Der Klassenlehrer hat schon viel Schulerfahrung. Den Eltern dieses Jahrgangs habe er anno dazumal noch eigenhändig die Fingerchen verdroschen. Das sei jetzt eben die Konsequenz der humanistischen Pädagogik. Irgendwer dresche immer, sei's mit den Fäusten, dem Lineal oder verbal. Kinder seien nun mal Kinder, die Schule des Lebens, alle müssten ihre Erfahrungen machen. Alles habe seinen Preis.

DAS MÄDCHEN

UNTERSCHIED

Flach atmend lehnt das Mädchen am hohen Gatter des Reithofs und stützt das Kinn auf das verwitterte Holz.

«Dabei habe ich mich nur ganz vorsichtig interessiert. Für die Pferde, ganz ohne Absicht», wispert sich das Mädchen selbst mit zittriger Stimme zu. Den Kopf auf den Unterarm gelegt, kitzeln die feinen Haare des Arms an den Lippen.

In ein Wendy-Heft hatte es geschaut, nur kurz. Die Nachbarin mit den blauen Kugeln im Steingarten hatte es ihr zugesteckt. «Etwas für Mädchen in deinem Alter», zwinkerte sie dem Mädchen aus dem heruntergekurbelten Autofenster zu. Immer beim Philosophen mit den geschlossenen Fensterläden rumhocken – vielleicht könne sie sich ja stattdessen für Pferde begeistern. Fernschauen könne sie übrigens auch bei ihnen drüben, jederzeit. Und das Gesicht der Nachbarin, ebenmäßig freundlich, rund und glatt wie ihre Dekokugeln, rollte im glänzenden VW Golf talwärts.

Die Gesichter der Menschen im Heft waren alle gleich, nur die Frisuren und Farben der Reithosen und Westen änderten sich. Die Pferdemenschen basieren alle auf dem gleichen Grundmensch, stellte das Mädchen fest und steckte das Heft ein.

Zu Hause nahm sie sich einen Apfel und wollte sich das genauer anschauen. Doch da stand plötzlich die Mutter mit einer Unterhose in der Hand vor ihr und sagte: «Es gibt Vorgänge.» Das Gesicht der Mutter, gespenstisch haltlos, floss ihr fast von den Knochen, darunter zusammengebissene Zähne. «Bald wirst du eine junge Frau werden.»

Schnell klappte das Mädchen das Wendy-Heft zu. Versuchte, die Vorgänge mit einem Vorwand abzuwenden. Sagte zur Mutter: «Ich habe gerade einen Apfel essen wollen. In Ruhe.»

Stehen die Vorgänge in der Unterhose im Widerspruch zu den Grundmenschen, die alle auf demselben beruhen? Um den gespenstischen Vorgängen zu entkommen, war es aus dem Haus gelaufen, wusste nicht wohin und fand schließlich Halt am hohen Gatter beim Reithof. Ist denn alles eine Prophezeiung? Das Mädchen wünscht sich jemanden zum Reden. Was würde der Engel sagen?

«Ich fände das auch schön, wenn alle auf dem gleichen Grundmenschen beruhten. Unterhose hin oder her», würde der Engel sagen.

Erfreut hebt das Mädchen den Kopf. Neben ihr ans Gatter gelehnt steht er. Schön, stark und wild. Schweigend verfolgen sie zusammen die Vorgänge auf dem Reithof. Das im Kreis trabende Pferd, in der Mitte des Kreises die Frau mit Peitsche und Voltigierleine. Sie schreit Brr und Ho. Auf dem Rücken des Pferdes wird ein Kind erschüttert. Es solle den Sattel loslassen, ermutigt die Frau das Kind, sie redet von Gleichgewicht und Vertrauen, das Kind sieht nicht so aus. Der Reithelm sitzt schräg.

Das Mädchen saugt am Holz des Gatters. Wenn das Pferd am Gatter vorbeistampft, spürt es die wuchtigen Erschütterungen der Hufe im Unterbauch. Ein Echo. Da im Unterbauch passiert jetzt etwas.

«Ein Vorgang», hat die Mutter gesagt. Das habe sie in der Unterhose gesehen.

Der Engel nickt verständnisvoll. «Weißt du noch, die geschwollene Anna?»

Das Mädchen schluckt leer. Es gibt keine Versöhnung. Der angebissene Apfel beginnt sich braun zu verfärben. Es hätte den Apfel gar nicht nehmen brauchen, es gibt kein Entrinnen.

«Komm mit, ich zeig dir was.» Der Engel fuchtelt mit seinem Zweizack in Richtung Koppel. Das Mädchen reißt sich vom Gatter los und stapft hinterher. Scheißunterhose.

Die Pferde vom Reithof, die gerade nicht im Kreis traben, stehen gebürstet und gestriegelt auf der Koppel, ihre Beine ragen aus karierten Decken. Neben der Koppel stehen mehrere weiße Plastikanhänger für die Tiere. Aber auch die Bäuerin hat ihr Pferd auf der Koppel, eine mächtige Haflingerstute, ihr muskelbepackter Rücken ist durchzogen von einer tiefen Furche. Der Haflinger zerrt seinen Wagen selbst durch die Gegend und stiert in seiner Freizeit unter seiner verfilzten Mähne hervor.

«Lock ihn mit dem Apfel», fordert der Engel das Mädchen auf.

Gemächlich wuchtet der Haflinger sich zum Zaun und beschnobert das Angebot.

«Wie können die Eltern meiner Unterhose ablesen, dass ich eine junge Frau werden soll?», fragt das Mädchen die Stute, den Engel. Die Tränen lösen die Umrisse der Koppel auf. «Und was heißt werden? Wenn sie doch sagen, das Ergebnis steht fest? Ich habe keine Wahl, es ist ein Verrat!»

Der Engel klettert auf den Zaun, piesackt die Haflingerstute ein wenig mit dem stumpfen Ende des Zweizacks. Sie lässt sich nicht stören.

«Es ist doch Verrat? Oder?» Das Mädchen will jetzt eine Antwort.

Der Engel seufzt auf, auch sein Gesicht wird weich. «Ja, leider. Deshalb sagen es einem die Erwachsenen auch durch die zusammengebissenen Zähne. Weil sie genau wissen, man kann nicht irgendetwas sein. Man durchläuft diese vorbestimmten Vorgänge. Man wird zu dem, was das Ende des Werdens für einen bereithält. Sie ist nicht wahr, die Welt im Wendy-Magazin mit den Frisuren und Westen. Die Menschen basieren nicht alle auf demselben.»

Im Mädchen keimt der Zusammenhang zwischen den Vorgängen in der Unterhose, den zusammengebissenen Zähnen der Mutter und ihr selbst.

«Ich werde eine junge Frau?»

Der Engel nickt.

Für einen kurzen Moment wird alles ruhig im Mädchen. Ich kann also eine junge Frau werden?, fragt etwas im Körper neugierig. Unke, still!, denkt das Mädchen, ich muss nachdenken. Doch dann werden die Gedanken weggerissen von einer ungeheuren Wut.

«Und warum war dann der Sohn von Berlin damals im Bachbett plötzlich, zack, ein echter Mann? Der sich eine Scheibe abschneidet? Vom Baumstamm? Vom Leben? Das ist nicht fair!», schreit das Mädchen den Engel an.

Die Stute hebt ruckartig den schweren Kopf und stampft unruhig mit einem Vorderhuf auf. Das Mädchen spürt einen stechenden Schmerz in der Brust, ein Ziehen bis in die Fingerspitzen. Dieses unbarmherzige Werden will das Mädchen mit einer jungen Frau in Zusammenhang bringen, führt vom Sohn von Berlin zum echten Mann, vom Mann zum Vater zum Großvater, dann ist der Großvater bestimmt bald tot, und die Großmutter wird auch dort enden. Alles wird auf einen einzigen, engen Punkt zusammenlaufen. Die Fluchtlinien im Gerät der Augenärztin, der Fluss, der Horizont, die Strommasten, die Autobahn, die Fahrleitungen und die Linien in Vaters Tiertabellen.

Und auch der Himmel drückt mit aller Kraft auf die Koppel und will bestimmen. Der Engel steigt vom Zaun, spießt die zu Boden gefallenen Reste des Apfels mit dem Zweizack auf und hält sie der Stute hin. Mit wachsam zuckenden Ohren nimmt sie das Angebot an.

Der Engel legt den freien Arm um die Schultern des Mädchens. Seine Stimme ist jetzt ganz nah an ihrem Ohr.

«Ich verrate dir jetzt etwas. Der Himmel will schon seit immer bestimmen, er blickt von oben herab und denkt, er wisse, wer was ist und wird. Doch an dieser Haflingerstute kommt er nicht vorbei, sie ist zu stark. Die Furche ihres Rückens ist deine Regenrinne, saurer Regen, blaue Himmelsgewalt und die Lügen der Erwachsenen, alles muss abfließen. Lass ihre Zusammenhänge versickern.»

Der Apfel verschwindet zwischen den großen, gelben Zähnen der Stute, fordernd nickt sie mit dem Kopf.

«Schau, sie gibt dir recht!», freut sich der Engel.

«Mein Recht auf meine Vorgänge!» Das Mädchen droht mit der Faust zum Himmel. «Kein Unterhoseninhalt wird mir vorschreiben, wann ich auf welche Weise etwas werde. Ich werde eine junge Frau SEIN.»

«Zack!», ruft der Engel dazwischen.

«Genau! Zack! So wie Eges Sohn im Wald. Zack. Die Säge hatte geheult, der Sohn sich eine Scheibe abgeschnitten, bumm, zack, war er ein echter Mann. Zack, zack, hatte der Gemeindearbeiter gesagt. Etwas werden sollen doch die, die noch nichts sind.»

Stirnrunzelnd lässt der Engel seinen Arm von ihrer Schulter sinken. «Wer hat denn das gesagt? Was soll das überhaupt heißen?»

Etwas beschämt schaut das Mädchen zu Boden. Der Engel hat es ertappt. Das waren die Worte anderer. Logisch, logisch. Dumm, dumm.

«Ege hat das einmal zu Gisela gesagt», gibt es zu. «Sie hatten Wein getrunken. Lustig fanden sie das. Sie lachten, aber ihr Lachen klang, als würde es von einer Tonbandkassette abgespielt. Ich weiß nicht, ob Gisela es wirklich lustig fand.»

«Die Erwachsenen sollen Wein trinken und die Dinge anders sagen, als sie sie meinen, und komisch lachen. Sollen sie ruhig, dann sind sie beschäftigt», wiegelt der Engel ab. «Bald wirst du eine junge Frau sein, zack. Immer wieder zack. Du musst das gut einüben, es muss dann funktionieren. Zack, junge Frau. Zack. Den Erwachsenen wird die Kinnlade herunterfallen. Sie werden sehen, nichts ist geworden, alles – zack – ist bereits. Einfach überspringen die verlogene Werdenszeit, in der die Erwachsenen mit ihrer Meinung und ihrem Gelächter noch etwas verhindern könnten. Vorgreifen auf das Leben! Vorgreifen ist besser als werden! Zack!»

Der Engel ruft über die Koppel, die Pferde des Reithofs traben aufgescheucht weg und heben die Knie weit in die Luft, der Haflinger reißt verdorrtes Gras vom Fuß des Zauns und mampft.

ABSTURZ

Ege befindet sich auf seiner Sonnenliege, als plötzlich alle Hoffnung von ihm weicht. Seine Brust sackt ein, der Rauch seiner Zigarette steigt kerzengerade in die Mittagshitze empor. Jahrelang hatte er hier gelegen, ohne dass sein Denken ihn glücklicher gemacht hätte. Ege wird plötzlich klar: Glücklich sein können nur Mäuse. Er als Mann, der keine Maus ist, besitzt die Fähigkeit zum Glück nicht. Als er sich in der Küche Wein nachgeschenkt hat, rannte eine fette, glückliche Maus über seinen Fuß – ohne jeden Verstand. Darum war auch die philosophische Praxis nicht von Patienten überrannt worden. Die Leute wollen keine Patienten sein und auch keine Mäuse.

Ege würde demnach auch das Nachbarsmädchen über diesen Sachverhalt aufklären müssen. Jetzt wo die Außenwelt zu wirken beginnt. Jetzt wo es bald eine junge Frau wird. Wenn es Verstand hat, wird es nachvollziehen können, dass es mit seinem Verstand nicht glücklich wird.

Er versucht sich die Folgen dieses Zusammenhangs am Nachbarsmädchen auszumalen, aber dafür hat er schon zu viel Rotwein getrunken. Er versinkt in seinen Berechnungen. Wenn er als glückloser Mann das glückvolle Nachbarsmädchen mit dieser Art von Kausalität bekannt macht, könnte eventuell dieses Mädchen zu einem Mann statt zu einer jungen Frau werden. Grübelnd lässt Ege den Blick an der Hausfassade hochgleiten, hoch zu Gisela. Oder aber er und Gisela könnten zu Mäusen werden. Es wird ihm klar. Er ist in Anwesenheit des Mädchens zu Glück fähig. Trotzdem muss er verhindern, dass das Mädchen Patientin wird. Das Mädchen muss das auch verstehen, richtig verstehen. Ganz logisch und richtig verstehen.

Ege grübelt und trinkt, bis auch die letzte Vernunft aus seinem Körper flieht. Der Körper ist jetzt bereit, etwas Unlogisches zu tun.

Die Sonne sticht auf die Terrasse nieder, lodernde Luft steigt vom Stein auf und strömt an der Hausfassade empor. Ege breitet die Arme aus. Wenn er die thermischen Luftströme geschickt nutzt, könnte er ohne einen einzigen Flügelschlag hoch ins Arbeitszimmer oder noch höher bis in Giselas Wohnung segeln. Anstrengen will er sich nicht. Die Innenseiten seiner ausgestreckten Arme werden schnell heiß, gleich wird er abheben.

Aber nichts geschieht. Ege fächelt lustlos mit den Fingerspitzen. Er müsste doch längst beim Lebenswerk oder wenigstens oben bei Gisela sein. Gisela ist immer oben, immer in Höchststimmung. Das wird sie beeindrucken, wenn er mühelos auf ihrem Balkongeländer landet. Das Lebenswerk vermag Gisela leider nicht mehr zu beeindrucken, denn es wird und wird nicht fertig. Eher geht es mit ihm zu Ende.

Wenn er bloß endlich etwas Höhe gewinnen würde. Die warme Luft strömt an Ege vorbei, die Arme schmerzen, und auch Brust und Bauch beginnen allmählich zu glühen. Ist Gisela überhaupt oben? Ist sein Lebenswerk überhaupt zu Hause?

Das Lebenswerk ist verflogen, verdampft, verbraten. Der totale Ausverkauf der Sinnlichkeit hat seine theoretische Untermauerung längst nicht mehr nötig. Und Gisela ist vermutlich auf einer Bildungsreise, tanzt Cha-Cha-Cha oder erlebt etwas in der Ferne. Etwas Kulturelles, kulturelle Höhenflüge. Die Polin, die sie ihm dagelassen hatte, ist gestern schon wieder abgereist. Eine fliegende Betreuerin, ein ganz neues Konzept. Selbst die Pflegefachkräfte wissen sich die Thermik, die kreisenden Winde und Strömungen zunutze zu machen. Nur Ege will es nicht gelingen. Will er es denn? Er will nicht. Auch sein Wille ist versengt, sein Verstand ist ein verkohlter Aschehaufen, sein Geist begeistert niemanden. Ege gibt auf. Bleibt er eben unten.

Eges Haut schmilzt, tropft durch die Ritzen in der Terrasse hinab in die Unterwelt. Der schwarze Kater, das Höllenvieh, schleckt die geschmolzene Haut begierig auf. Ohne Haut wankt Ege durch die Verdammnis. Seine Fußsohlen glühen, das Totenreich ist gleißend weiß und der Himmel schwarz, nah und ohne Stern. Überall ragen Wander- und Skistöcke, Gerippe und Gliedmassen auf, das Geheul unzähliger Bergtoter und ein bis zum Dröhnen verlangsamter Après-Ski-Schlager wehen durch die stöhnende Ödnis.

Das ist nun also die ihm zugeteilte Ewigkeit, die Vergeltung für seinen Hass auf Sport, Kultur, Urlaub und Erlebnis.

«Anton, Anton», ächzt ein halb eingedrücktes Skelett am Wegrand. «Anton, es tut mir leid. Ich hätte nicht knausern dürfen beim Mitgliederbeitrag für die Bergrettung. Deine Helikopter in Ewigkeit, Amen.»

Angewidert wendet Ege sich ab.

«Warte, Antooon», das Skelett kriecht heran.

«No risk no fun!», donnert Antons mächtige Stimme über dem Gestampf des Schlagers.

Das Skelett stellt sich tot. Ege biegt um einen Haufen zerborstener Snowboards. Vor ihm erstreckt sich ein weites, blankes Feld. Der Schlager und die Klagen der Bergtoten sind nur noch als Echo zu hören, ein hohes Sirren und Sägen sticht Ege durch Aug und Mark. Das Geräusch kommt von einem gläsernen Strom, einem schnurgeraden Fluss, der mit einer entsetzlichen Langsamkeit dem Horizont entgegenknirscht. In einiger Distanz steht im hellen Weiß ein Kind in grellbuntem Skianzug. Es steht von Ege abgewandt und blickt zum Horizont, wo der knirschende Fluss mündet. Worauf wartet das Kind hier in der Einöde? Ege eilt auf das Kind zu, um es herum, will ihm ins Gesicht sehen, aber er sieht immer nur die Hinterseite.

«Anton, du Elender», tobt Ege, «was willst du von mir! Was soll ich mit diesem Kind?»

«Dieses Kind sei dir vergönnt, dieses eine darfst du mit empornehmen», verkündet die Antonstimme groß vom Horizont, «aber du darfst es nicht umdrehen.»

«Das Kind nicht umdrehen?» Ege kann es nicht fassen. Nicht einmal umdrehen dürfe er es?

«Nein», kommt es gebieterisch von Anton, «sonst ist es dir für immer genommen.»

Ege studiert den Rücken des Kindes. Ist es sein Sohn? Oder ist es das Nachbarsmädchen? Beide könnten in dem Skianzug stecken, beiden wurde das Skifahren beigebracht. Gisela hatte darauf bestanden. Der Sohn, wenn er schon mal hier sei zu Weihnachten, etwas Spaß für den Sohn. Und auch das Nachbarsmädchen war um die hässliche Sportbekleidung nicht herumgekommen. Er würde schon gerne wissen, mit welchem Kind er es zu tun hat, wen er da ins Leben mitnimmt. Seinen Sohn könnte er theoretisch auch hierlassen, weil er theoretisch sowieso nie ...

Ege studiert den Skianzug. Eine nichtssagende Locke schaut zwischen Schal und Wollmütze hervor. Anton wird langsam ungeduldig. Ege solle nun gehen, hoch zurück ins Leben, das Kind werde ihm folgen, aber er dürfe weder das Kind noch sich umdrehen, mahnt Anton, nicht ein einziges Mal dürfe er sich umdrehen. Ege liegt bäuchlings neben seiner Sonnenliege auf dem Terrassenboden und dreht sich nicht um.

Verbrennungen zweiten Grades, Hitzeschlag und dazu 2,3 Promille, stellt die Sanitäterin fest. Wie denn das habe passieren können?

Dement sei er und bekloppt, was könne denn sie dafür, wenn das mit der Abstinenz nicht klappe? Gisela weint und verteidigt sich, sie wollte bloß mal wieder ein Wochenende für sich, einen Tanzkurs, etwas Fröhlichkeit, und die fliegende Betreuerin, also die Polin, sie sei, sie habe, sie habe ja nicht ...

Die Sanitäterin tätschelt Giselas Arm. Es sei ja zum Glück nochmal gut ausgegangen, gut, bekomme Ege so regelmäßig Besuch vom Nachbarsmädchen.

Gut. Gisela wiederholt das Wort. Gut.

Ege liegt auf eine Bahre geschnallt, zwei weitere Sanitä-
terinnen schieben ihn samt Infusion und Beatmungsgerät
ins Innere des Rettungswagens. Das Nachbarsmädchen
sitzt auf der Sonnenliege. Es macht keinen besonders be-
troffenen Eindruck. Vielleicht könnte das Nachbarsmädchen in Zukunft wirklich auf Ege aufpassen? Jetzt wäre es
ja alt genug. Gegen ein kleines Taschengeld, das wäre doch
für beide eine Freude, eine Hand wäscht die andere, denkt
Gisela. Die fliegenden Betreuerinnen sind nicht ganz billig.
Und das Nachbarsmädchen kommt sowieso vorbei.

Gisela stockt. Warum kommt es überhaupt noch vorbei? Was hat es hier zu suchen? Was hat es hier verloren, im
ewigen Dunkel? Die bewegten Bilder, beruhigt sich Gisela,
das Nachbarsmädchen will vermutlich nur fernsehen, es
sucht nicht nach verlorenen Geschichten, es verliert sich
in den Bildern, so rum ist es.

Schnell denkt Gisela wieder in eine hellere Richtung.
Gisela sieht wieder Licht. Gisela lässt sich nicht unterkrie-
gen, Gisela fällt immer etwas ein. Sie freut sich schon auf
den nächsten Ausflug. Vielleicht sogar mal ein paar Tage
auf die Kanaren. Beinahe beschwingt steigt sie die Treppen in die obere Wohnung hinauf. Vom Balkon aus sieht
sie den blauen Lichtern des Rettungswagens nach, die
durchs Dorf und schließlich talwärts davonziehen.

ÜBERBLENDUNG

Die Tränen der Mutter fallen in den fettfleckigen Pizza-
karton. Im Ehebett liegt der tote Großvater und sieht aus
wie einer, der keiner mehr ist. Im Nebenzimmer, vergessen
über der Sensation des Todes, zusammengesunken im

Rollstuhl, die Großmutter mit einem Blick, der durch die Ecke das Zimmer verlässt. Die Geschwister sprechen automatische Sätze, dass die Pizza erstaunlich gut sei, dass sie schon sehr lange keine Pizza mehr bestellt hätten, bestimmt einige Jahre, das letzte Mal hätten sie ewig auf die Pizza gewartet, und als sie endlich gekommen sei, wäre sie schon kalt gewesen.

Das Mädchen sitzt zwischen den Erwachsenen und verfolgt die Kreisbewegungen ihrer Sätze. Es versucht, sich an einen Satz des Großvaters zu erinnern. Aber es fällt ihm nichts ein, nichts, was für jemand Bestimmtes bestimmt gewesen war. Manchmal sagte er ein Sprichwort. «Das Leben ist hart ohne Marmelade, aber es ist erst richtig scheiße ohne Kartoffeln.» Als das Mädchen einmal wissen wollte, ob er denn früher ohne Kartoffeln habe leben müssen, hatte die Pflegekraft es ermahnt, solche Fragen besser nicht zu stellen.

«Vermeide alle Fragen, die darauf hindeuten, dass es ein Gestern gegeben hat», hatte sie geraten, während sie pastellfarbene Pillen in die kleinen Fächer der Medikamentenbox verteilte. Man spricht nur das an, was gerade jetzt ist, keine vergangenen Kartoffeln, keine ehemalige Marmelade.

Die Sätze treten an Ort und Stelle. Das Mädchen erkennt die Bewegung wieder. Auch die Sprichwörter des Großvaters waren schon geschlossene Kreise gewesen. Worte, die man sprechen kann, damit die Stille nicht übernimmt. Oder jemand etwas in die Stille hineinruft, etwas, was man besser nicht fragt oder sagt. Und auch die Geschwister, die um die leer gegessenen Pizzakartons sitzen, sprechen weiter ihre Sätze. Dass erst der Vater sterben müsse, bis man sich mal wieder eine Pizza bestelle, so was aber auch. Nur die Mutter schweigt und schluchzt leise.

Als die Geschwister und ihre Kreissätze sich schließlich bis zur Tür und aus dem Haus geredet haben, atmet die Mutter lange aus. Lässt ihre ungesagten Worte als Luft entweichen. Nun kann die Stille endlich aus dem Zimmer, in dem der tote Großvater liegt, in den Flur sickern. Sie umfließt die Knöchel von Mutter und Tochter, die Krücken, den Gehstock und die Gummistopper des Rollators.

Das Mädchen linst durch den Türspalt zur Großmutter hinein. Sie schläft. Behutsam zieht das Mädchen die Tür zu. Die Großmutter ist im Trockenen. Die Pflegekraft hatte ihr ins Bett geholfen.

Mutter und Mädchen steigen leise und schwer die Treppen hoch, helfen sich selbst zu Bett. Sie durchstreifen die oberen Zimmer des Hauses auf der Suche nach einem Schlafplatz. Staub, zusammengeschobene Möbel, Strümpfe im Multipack und die gestapelten Matratzen der ehemaligen Kinderzimmer, das tief verschüttete Pompeji vieler Pflegejahre. Im hohlen Kleiderschrank wohnen noch die zu eng gewordenen Ledergürtel des Großvaters, greise Schlangen. Lange blickt die Mutter in den leeren Schrank.

«Wissen sie etwas? Die Schlangen?», fragt das Mädchen, um die schweigende Mutter besorgt. Unvermittelt muss sie lächeln.

«Ja, sie zischeln. Lasst uns in Ruhe, hier gibt es keine Bettwäsche. Sie ist unten im Zimmer des Toten. Und wir sollen die Schranktür schließen. Keinen Luftzug ertrügen sie mehr.»

Gruselnd steigen Mutter und Tochter die Treppen wieder hinunter. Das fahle Licht im Flur wirft lange Schatten, die Schatten sind mutiger als ihre Besitzerinnen, sie nähern sich der Türschwelle. Steigen über den schmalen Lichtstrahl hinein, der vom Flur ins dunkle Großvaterzimmer fällt. Die Kerzen sind ausgegangen, der Leichnam schielt zum Mondschein. Fahrig zerren Mutter und Tochter gemeinsam an der säuberlich gefalteten Bettwäsche im Schrank neben dem Toten, eine panische Eile im Rückgrat.

«Leise», zischt die Mutter, um Beherrschung bemüht, und krallt die Finger in den Unterarm des Mädchens. Ein Stapel Kissenbezüge fällt ihnen entgegen. Schnell raffen sie alles zusammen und hasten zur Tür, die Mutter stößt im Dunkeln den Klavierhocker um.

«Hast du das eine Augenlid gesehen? Hast du hingeguckt? Es ist wieder einen Spalt breit aufgegangen», keucht die Mutter und schiebt die Tochter die Treppe hoch. Diese nickt nur, schaudernd. Sieht wieder Ege, den sie auf dem Bauch liegend auf seiner Terrasse gefunden hatte. Ebenfalls tot geglaubt. Das Bild schiebt sich über das Bild des toten Großvaters.

Die Frage schiebt sich heran, ob der Trick, den sie und der Engel bei der Pferdekoppel besprochen hatten, auch auf den Lebenslinien anderer wirkte. Hatte der Engel zu Demonstrationszwecken gleich mal im Leben von Ege und dem Großvater vorgegriffen? Einmal vorgespult? Dem Großvater den Boden unter den Füßen weggerissen? Und Ege von seiner Liege gefegt?

Schnaufend zerrt die Mutter zwei Matratzen vom Stapel. Schüttelt staubige Wolldecken aus dem Fenster. Als sie sich umwendet, sieht sie den sorgenvollen Ausdruck im Gesicht der Tochter. Sie steht auf der Türschwelle und beißt sich Häutchen vom Nagelbett.

Sie solle jetzt aufhören zu grübeln. Sei kein trüber Gast auf der dunklen Erde! Stirb und werde! Das habe schon der Dichter Goethe gesagt. Und jetzt ab in die Federn, rein ins Vergnügen.

Eine Ausgelassenheit erfasst den erschöpften Mutterkörper. Sie lebt. Die Tochter lebt auch. Mit letzter Kraft pikst sie in die Mädchenrippen. Mutter und Tochter fallen in die staubigen Betten, ohne sie zu beziehen, niesen, werden geschüttelt von Gekicher und Überforderung.

REHYDRIERUNG

Die Leber habe keinen Piep mehr gemacht, redet der Krankenpfleger kopfschüttelnd vor sich hin. Das Mädchen folgt dem weißen Kittel, der es am Empfang abgeholt hat, durch die Krankenhauskorridore. Aber so seien die Menschen verschieden, manche hörten auf die Organe im Rumpf und manche auf das Organ im Kopf. Diese Hirnmenschen müssten das aufdringliche Geschwätz ihres angeschwollenen Verstands irgendwann regelrecht ertränken, und das Resultat? Eine aufgequollene Leber.

Der Krankenpfleger hält abrupt an, um auf die Nummer eines Türschilds zu spähen. Aber wenigstens kriege diese missachtete Leber nun Besuch. Behutsam drückt er die Tür auf. Mit einem kleinen Schmatzen löst sie sich aus ihrem Rahmen, der Krankenpfleger steckt den Kopf durch den Spalt.

«Eine junge Frau ist hier für Sie ...», flötet er.

Aus dem Zimmer ist ein langgezogenes Krächzen zu hören.

«Da freut er sich!», fasst der Pfleger zusammen, schiebt das Mädchen durch die Tür und in Richtung Krankenbett.

Surrend kommt Ege aus einer liegenden Position hochgefahren. Unter seiner gelblichen Nase liegt ein Schlauch, er reißt den Mund weit auf vor Begeisterung. Das Mädchen trägt eine Packung weißer Lindor-Kugeln vor sich her.

«Nicht zu viel naschen, Herr, bald kommt das Mittagessen, und dem Organ hilft's auch nicht!», mahnt der Pfleger.

Ratlos blickt Ege auf die Schokolade, dann zum Pfleger.

«Naschen? Sie sind doch nicht ganz bei Trost, glauben Sie, ich ernähre mich von Floristik? Ich bin doch nicht verrückt. Schauen Sie, ein herrliches Bouquet!» Vor Anstrengung zitternd stellt Ege die Schokolade auf den Beistelltisch. «Wären Sie so freundlich, uns eine Vase zu bringen?»

Auf dem Beistelltisch stehen unberührt eine Packung rote und eine Packung schwarze Lindor-Kugeln.

«Was machst du für Froschaugen? Du bist nun mal nicht die Einzige, die mir einen Blumenstrauß bringt ... Bloß kein Neid.»

Das Mädchen steht unbehaglich zwischen Bett und Pfleger, hebt die Schultern.

«Was ist jetzt mit der Vase, das Grünzeug vertrocknet sonst, dalli, dalli!»

Mit hochgezogenen Augenbrauen verlässt der Pfleger das Zimmer und murmelt etwas von scheinbar doch Bewusstseinsstörung.

«Den haben wir in die Flucht geschlagen!», freut sich Ege.

«Knapp war's diesmal», erwidert er auf den fragenden, über die medizinischen Gerätschaften schweifenden Blick des Mädchens. «Ich sah mich schon in der blanken Ewigkeit, überall war alles weiß und eisig und unendlich. Ich dachte, so Ege, jetzt hat's dich erwischt, jetzt bist du abgekratzt. Aber Anton, der Schreckliche, hat sich bloß einen Scherz mit mir erlaubt. Da war ein Kind ohne Vorderseite, stand dort im Schnee. Ich habe versucht, in sein Gesicht zu schauen, aber egal wie ich es umkreiste, immer sah ich nur die Rückseite. Höchst seltsam.»

Das Mädchen schweigt schuldbewusst. Sieht wieder Eges Rückseite vor sich auf dem heißen Terrassenboden. Der Nacken, die empfindlichen Kniekehlen dem baren Himmel, dem stechenden Blick der Sonne ausgesetzt. Viel zu lange hatte es sich nicht von diesem Anblick lösen können. Hatte nach irgendeinem Indiz gesucht, dass es selbst Eges Unglück ausgelöst hatte.

«Ich glaube fast, dieses Kind warst du», fährt der wieder auferstandene Ege im Krankenbett fort. «Du hast dich von mir abgewandt. Ohne dich umzudrehen. Und ich konnte dich nicht umdrehen. Es war grauenhaft ...»

Eges fahle Nasenflügel beben betroffen über dem Plastikschlauch. Er tätschelt auf das schmale Stück Bett, das neben seinen Beinen frei ist. Die Beine stecken in grauen Trainerhosen. Die Trainerhosen sehen aus, als wären gar keine Beine drin.

Das Mädchen spürt, wie sein schuldbewusster Körper sich in Bewegung setzt, gleichzeitig verharrt die Unke reglos an Ort und Stelle und versteht nicht, warum der Mädchenkörper sich mit einer leeren, grauen Trainerhose abgibt.

Aber dann, lacht Ege, habe er am Horizont ein Geschäft entdeckt, mitten in der ganzen, weißen Leere, ein Unterwäschegeschäft. Da habe er gestutzt. Plötzlich sei ihm Antons Winterzauberhölle mehr wie das Shoppyland-Einkaufsparadies vorgekommen. Und wozu ein Unterwäschegeschäft, mitten in der Verdammnis? «Wenn man selbst nicht mehr im irdischen Körper steckt, kann man den Körper auch nicht in eine Unterhose stecken. Die Unterhose ist doch das Sinnbild alles Irdischen. Erst wenn man keine Unterhose mehr braucht, hat man die Welt ganz verlassen.»

Dem Mädchen schwindelt. Sein eigener irdischer Körper sitzt am äußersten Rand der Krankenbettkante und will möglichst nicht mit Eges Trainerhose in Berührung kommen. Hier die Trainerhose ohne Inhalt, dort der unselige Körper ohne Unterhose in der Unterwelt, am Fußende des Betts die verständnislose Unkenseele.

«Da wurde mir klar, ich bin nicht tot. Nicht, solange es noch Geschäfte für Unterwäsche gibt. Irgendwo muss eine Rolltreppe sein, irgendwie gelange ich wieder zurück ins Leben. Und siehe da, gleich hinter dem Geschäft fuhren jede Menge Rolltreppen, kreuz und quer. Da wusste ich, da geht's hoch, zurück in die Existenz. Aber auf einer fast parallel verlaufenden Rolltreppe, da fuhr ein Kind mit hoch. Aber es war nicht das Kind, das sich abgewendet hatte. Es war nicht das versprochene Geschenk von Anton. Es war eine Schattengestalt, ein Engel der Finsternis mit einer Heugabel in der Hand. Gondelte hämisch grinsend aus dem Abgrund herauf. Die Rolltreppe des Engels war deutlich schneller, er winkte mir zu, als er mich überholte. Und selbst, als er an mir vorbei war, sah ich noch seine Vorderseite. Wie eine dieser optischen Täuschungen, ein Bild, das einen immer anschaut, es war schaurig. Aber dann – zack – war ich wieder zurück im Leben.»

«Zack», murmelt das Mädchen und wünscht sich, der Engel wäre jetzt wirklich hier und würde seinen auf der Bettkante eingefrorenen Körper mit dem Zweizack zurück zur Unkenseele schieben. Oder die Unke mit dem Stock anstubsen, damit sie sich endlich regt, zurück in den Körper springt.

Da schmatzt die Tür erneut. Sofort schnellt der Mädchenkörper auf und stellt sich wieder ans Fußende des Bettes. Der Pfleger kommt mit einem fahrbaren Tisch herein. Beim Anblick der mit Warmhaltedeckeln abgedeckten Nahrung muss das Mädchen heftigen Brechreiz unterdrücken.

Der Pfleger schwenkt den Tisch über Ege. «Sie schaffen das, nicht wahr? Und sonst kann ihnen ja ihre junge Freundin helfen.»

Er hebt die Deckel von den Tellern, etwas kondensierter

Dampf tropft in die Suppe zurück, dem Mädchen läuft ein kalter Schauer über den Rücken. Bevor es etwas einwenden kann, hat sich der Pfleger flink aus dem Zimmer geschlängelt.

«Der denkt wohl, ich sei nicht ganz hundert!», krächzt Ege und schaufelt begeistert den Salat in den Kaffee. Die Unkenaugen verfolgen die im Kaffee schwimmenden Karottenjulienne.

«Ich werde den Genüssen des Irdischen noch lange frönen. Ich, Ege, stecke in meinem Körper, und mein Körper steckt in der Unterhose!», verkündet Ege. Untergetaucht sei er, aber nur kurz. Bald werde er vollständig in die Oberwelt zurückkehren. Sei bestimmt langweilig dort oben, ohne ihn.

KURZSCHLUSS

In der oberen Hälfte des gegenüberliegenden Zugfensters hasten die Fahrleitungen. Das Mädchen hat den Kopf auf das kleine Zugtischchen gelegt, lässt sich vom Auf und Ab der Linien hypnotisieren. Manche tauchen für immer ab, andere folgen dem Zug weiter. Fröhliche Delfine, die nichts von den Sorgen der Reisenden ahnen.

Eges Worte drücken dem Mädchen flau in der Magengrube. Ege ahnt, dass Engel und Mädchen unter einer Decke stecken. Dass sie um die verlorenen Geschichten voneinander wissen und doch nichts ans Licht bringen können. Die Unke sinkt ab in den moorigen Teil des Teichs.

Ege wird niemandem beweisen können, wie lange das Mädchen fasziniert auf seinen ohnmächtigen Körper gestarrt hatte, bevor es endlich ins Haus zum Telefon gerannt war, um die Ambulanz zu rufen. Es selbst und der Engel können nicht beweisen, wie der faszinierte Ege ihre Körper ohnmächtig macht.

Dem Mädchen ist übel. Um sich abzulenken, zählt es die Leitungen der hinzugekommenen Strommasten. Kommt auf je sechs Leitungen beidseits der Strommasten. Von ihrem eigenen Gewicht in perfekt geschwungene Bögen gezogen, wippen sie. Strom, Strom, Strom, singt das Mädchen im Takt – durch die Drähte fließt Strom zu den Geräten, auch zu Eges Fernsehgeräten. Der Engel errät ihre Gedanken.

«Wir können doch trotzdem hin. Auch wenn Ege in der Klinik ist, um sich von Antons Unterwelt zu kurieren. Umso besser, können wir dort machen, was wir wollen.» Der Engel stochert mit dem Zweizack nach dem Zugmagazin, das an einer Plastikschnur am Kleiderhaken zwischen den Abteilen baumelt. Alternativ gäbe es sonst ein Sommerinterview mit einem Skispringer zu lesen. Bei Ege wäre es bestimmt wesentlich spannender. «Stell dir vor, stundenlang Filme, ganz für uns allein. Ohne Ege, der einem auf die Pelle rückt.»

«Aber Gisela?», fragt das Mädchen und richtet sich auf.

Der Engel stößt ihr beide Zeigefinger in die Seiten. «Gisela, Gisela», äfft er den ängstlichen Tonfall des Mädchens nach. «Was glaubst du, wo Gisela gerade ist? Die lässt sich doch keine Gelegenheit entgehen, in die Ferne zu entschweben, einmal befreit von ihrem Klotz.»

Das Mädchen denkt an die gleichgültige Leere, die nach vielen Stunden vor dem Fernseher einsetzt. Es würde sich gern mit den Videokassetten betäuben.

«Wir gehen also hin!», schließt der Engel.

Zufrieden, das Mädchen überzeugt zu haben, schlägt er das Zugmagazin auf. Der Skispringer rät der Jugend, an ihre inneren Bilder zu glauben.

«Er trägt dasselbe Brillenmodell wie du!», bemerkt der Engel.

Mit seinem Zweizack tippt der Engel auf die Türklinke von Eges Hintereingang. Wie von Zauberhand springt sie auf. Das Mädchen staunt.

«Sie war gar nicht verschlossen», kommentiert der Engel. «Gisela ist wohl verreist, ohne sie nochmals zu überprüfen. Ich glaube Gisela hat verdrängt, dass es diesen Hintereingang gibt. Dass hier ein Zugang existiert.»

Zielsicher steuert der Engel das Arbeitszimmer an. Der wuchtige Röhrenprojektor thront auf einem Gestell voller Kabel und Abspielgeräte. Das Mädchen drückt Power ON, große Luft schnaubt aus dem Gerät. Der Engel dreht und wendet sich im farbigen Licht, das aus den drei Augen des Projektors auf die gegenüberliegende Wand fällt. In schnellen Wechseln, blau, gelb, rot. Sein Schatten tanzt hinter ihm mit.

Doch dann passiert nichts mehr, das Licht bleibt weiß, der Projektor schnauft, aber es kommt kein Film. Das Mädchen drückt auf den Abspielgeräten herum, knackend wird eine Kassette ausgespuckt, sie schiebt sie wieder zurück in den Schlitz, der Apparat kaut, spult, knackt, aber wirft kein Bild an die Wand.

«Macht nichts, wir können ja in Eges Schlafzimmer fernsehen», quiekt der Engel vergnügt und stiebt aus dem Arbeitszimmer. Etwas enttäuscht, trottet das Mädchen hinterher. Der Engel kniet schon auf dem Bett vor dem Gerät, auf dem Bildschirm Ameisengewimmel. Der Engel stiert wie hypnotisiert hinein.

«Das ist doch kein Film, das sind nur Ameisen», murrt das Mädchen und tastet im Staub unter dem Bett nach der Fernbedienung.

«Vielleicht aber ist unser Film im Ameisenrauschen verborgen. Die Ameisen verdecken die Bilder, den Beweis», wispert der Engel.

Die Finger unter dem Bett streifen etwas Festes. Das Mädchen zieht ein Buch hervor.

«Was hast du da?», fragt der Engel, den Blick immer noch auf das Gewimmel im Fernseher geheftet.

«Über den physiologischen Schwachsinn des Weibes», liest das Mädchen auf dem Buchdeckel. «Von P. J. Möbius ...»

«Ist das nicht der mit dem unendlichen Band?», fragt der Engel, reißt sich von den Ameisen los und setzt sich auf die Bettkante. Das Mädchen schlägt das Buch auf, überfliegt das Vorwort.

«Nein, hier steht, das ist sein Enkel, Paul Julius. Sein Großvater hat das unendliche Band erfunden.»

«Und was kann dieser hier?», ungeduldig überblättert der Engel das Vorwort. Verschiedene kartoffelartige Formen füllen eine Doppelseite.

«Sind das etwa die verkümmerten Unendlichkeiten? Zwei Generationen später?», lacht der Engel.

«Ich glaube, das sollen die Schädel großer Männer sein.»

Mühsam entziffert das Mädchen die winzigen Beschriftungen unter den Kartoffeln. Hier der Graf Schwerin, da der Prinz Max von Sachsen. Großherzog von Mecklenburg. Professor Doktor Wunderlich. Generalarzt. Und darunter, hier diese kleinen, unförmigen Kartoffeln, das sind ... Weiberschädel.»

Verständnislos starrt das Mädchen auf die krakeligen Zeichnungen. Nicht einmal mit Sicherheit erkennbar, ob diese Kartoffeln eine Aufsicht oder eine Frontalansicht der Schädel darstellen.

«Hm. Großvater Möbius erforscht das unendliche Band und sein Enkel Paul legt den großen Männern ein Messband um den Kopf, um zu sehen, wo ihre Größe endet? Seltsame Familie.»

Der Engel kichert über seinen eigenen Witz.

«Aber dieser Möbiusenkel war doch kein richtiger Wissenschaftler, oder? Nervenarzt, steht da», fragt das Mädchen und denkt an den Heiler. An die läutende Unterhose, die Algentabletten. An die Seele, das tiefe Gewässer, das Unterbewusstsein, den Kampf der Krake und die Nerven, die vom Geläut der Unterhose aufgeschreckt knirschen wie trockener Schnee.

«Der Heiler ist auch kein Wissenschaftler», nickt der Engel und rümpft bedauerlich die Nase. Bestürzt schweigen die beiden eine Weile.

Warum liegt dieses Buch unter Eges Bett? Sie blicken sich an. Das Mädchen spürt, dass Tränen hinter seinen Augen brennen. Wenn sie anrief, sagte Ege zu ihr, mein Lieblingsmädchen. Aber wenn sie ein Mädchen ist und eine Frau wird, wird er sie ebenfalls für eine schwachsinnige Kartoffel halten. Womöglich zählte er sie bereits zu dummen Weibern, über deren wissenschaftlich ermittelten Schädelgrößen er Nacht für Nacht einschlief. Schnell klappt der Engel das Buch zu.

«Unke, sei doch nicht traurig. Schau die schrullige Schrift, dieses Buch, es ist uralt. Und Eges Geist ist trüb. Vielleicht geben ihm diese Enkel-Möbius-Theorien das Gefühl, selbst zu den ganz schlauen Kartoffeln zu gehören. Aber es besteht doch kein Zusammenhang zu uns.»

Doch das Mädchen weint bereits, die Tränen sammeln sich am unteren Brillenrand. Ege hasst die dummen Weiber. Geistlose, zusammenhangslose Weiber. Und es selbst versuchte seit Jahren, den Zusammenhang zwischen den Medien, den Kassetten, einer verlorenen Geschichte, dem Sohn und dem Engel herzustellen. Die Bilder und Beweise zu erbringen. In Eges Augen nur Schwachsinn. Ein schwachsinniges Kind, ein zauberhaftes Geschenk, ein grenzenloses Gebiet, an dem er sich bedient hatte.

«Unke, Unke», versucht der Engel das schluchzende Elend am Bettrand zu trösten. «Was haben wir bei der Pferdekoppel gesagt? Weißt du nicht mehr? Du darfst dir von niemandem in die Werdenszeit reinreden lassen, keiner soll dir vorhersagen, was du wirst. Kein Kartoffeldoktor, kein Unterhoseninhalt, kein Ege.»

Eine Haarsträhne klebt auf der nassen Wange des Mädchens. Der Engel streicht sie weg.

«Das ist doch nur erfundener Trost, diese Lektüre. Hör jetzt auf zu heulen. Ege ist ein alter, bitterer Geier. Er frisst tote Zusammenhänge, die sonst niemand will.»

Das Mädchen lächelt wieder ein wenig. Der Engel kann alles so gut ausdrücken, immer hat er die Worte zu den Gefühlen. Logisch, logisch?, fragen die Gefühle unsicher.

«Logisch, logisch!», ruft der Engel, schnappt das Möbiuswerk und schleudert es lässig über die Schulter. Mit klirrendem Krach geht der große Spiegel neben dem Bett zu Bruch. Die Ameisen im Fernseher, plötzlich befreit, brummen zersplittert in den Spiegelscherben. Zerhackte Zusammenhänge, kein Bild, kein Beweis. Der Fernseher sirrt, eine im Fiebertraum fast unhörbare Grille.

«Vielleicht gibt es aber doch einen Zusammenhang», wähnt das Mädchen nach langem Nachdenken. Aber der Engel spielt mit einem Spiegelsplitter herum und hört nicht zu. Ein Schwert aus Bild. Er wirft sich selbst Kussmünder zu, umgarnt die reflektierende Waffe.

«Hallo? Hörst du mir zu? Bist du noch da?», fragt das Mädchen.

Der Engel ist nicht mehr da. Das Mädchen blickt sich um, schaut unters Bett. Auf der anderen Seite liegt in den

Scherben das Buch des Kartoffeldoktors Möbius Junior. Der Engel ist weg. Egal.

Das Mädchen richtet sich auf, macht den Fernseher aus, die Ameisen verschwinden in einem hellen Fadenkreuz aus Lichtblitzen. Die bösen Erkenntnisse des Enkel Möbius lässt sie zurück. Schlüpft durch die Hintertür aus Eges Wohnung. Nur das unendliche Band des Großvater Möbius nimmt sie mit. Auf diesem unendlichen Band vorspulen, der doppelte Pfeil nach rechts. Auch wenn es ein weiteres Opfer bedeutet. Der Großvaterbehälter ist bereits in ein schmales Loch abgesenkt worden. Niemand wird je erfahren, WIE sie eine junge Frau wird. Das ist der ganze Trick.

Sie denkt daran, wie sie den Engel kennengelernt hatte, an den Bildband mit den Gottwesen. Heute kennt sie ihre richtigen Namen. Hades, der Anton der Unterwelt. Der die schwermütige Großmutter des Engels genommen hatte. Persephone. An den ersten Schnee. An Persephones Tochter Tisiphone, den Racheengel, der wütend die Fackel des Wahnsinns schwingt. An Eges Sohn aus Berlin, dessen Mutter bestimmt auch wütend von zu Hause fortging, studierte, und dann noch wütender mit dem Sohn im Bauch zurückkam. Wie alles war und wurde. Vielleicht kann sie diesem Sein und Werden etwas entgegensetzen, wenn sie die Zusammenhänge auf dem unendlichen Band von Möbius verknüpft, innen und außen gleichschaltet. Und die Geschichte, ob nun verloren, überspielt oder vergessen, wird vorgespult auf Knopfdruck. Zack!

AUSBILDUNG

«Eine Zeitbombe?», fragt die Lehrerin verwundert.

«Todsicher», antwortet ein schmächtiger Junge.

Der Rest der Klasse nickt heftig mit den Köpfen.

Für die Zusammenführung der neuen Oberstufenklasse hat die Lehrerin sich eine spezielle Vorstellungsrunde ausgedacht. Die Schülerinnen und Schüler aus beiden Dörfern sollten für jedes ihrer früheren Klassenmitglieder jeweils ein charakteristisches, symbolisches Bildchen auswählen, um es den neuen Klassenkameraden aus dem anderen Dorf vorzustellen. Den ganzen Sonntagnachmittag hatte sie investiert, um die kleinen Bildchen zusammenzutragen, auszudrucken und zu laminieren. Wie war ihr bloß die Zeitbombe untergekommen? Sie hatte die Auswahl der Sujets doch sorgfältig geprüft?

Das Mädchen, das von seinen Klassenkameraden einstimmig der Zeitbombe zugeordnet wurde, steht etwas abseits der Wandtafel und schaut auf seine Hände.

«Seid ihr sicher?», hakt die Lehrerin zerknirscht nach.

Sicher? Sicher sei vor der niemand. Diese sei hochgradig explosiv, nur eine Frage der Zeit, bis sie zünde! «Ein tickender Zeitmensch!», ruft der Junge, und die anderen grinsen.

Monster, denkt die Lehrerin, doch der Junge ist bereits dabei, seine Theorie auszuführen. Das Mädchen hätte irgendetwas eingebaut, einen Mechanismus, irgendeinen Schalter, den brauche sie bloß umzulegen, und schon starte der Countdown. In der sei alles verkehrt verschaltet und verdrahtet, in der hänge alles zusammen, sogar solches, was gar nie zusammenhängen dürfte. Er habe beobachtet, wie das Mädchen leise mit den Lippen rede, sie führe etwas im Schilde, ganz bestimmt. Vielleicht eine Zündung ohne Schalter, rein durch ein Codewort! Vielleicht sogar ganz ohne Countdown! Der Junge ballt die Fäuste. Einfach zack, bumm. Er spreizt die Finger, wirft die Hände von sich.

Fassungslos lässt die Lehrerin den Blick über die roten und grünen Werbeschirmmützen der Kinder aus dem Bergdorf schweifen. Metrac. Aebi. Aebi. Metrac. Die Kinder vom Dorf am See beäugen das Mädchen, das auf seine Hände schaut und ein tickender Zeitmensch ist. Jetzt erst fällt der Lehrerin das zusammengefaltete Papier in den Händen des Mädchens auf. Was sie denn da habe?

«Wegen des Tochtertags …», antwortet das Mädchen leise, in der Hoffnung, dass es nur die Lehrerin hört.

Die Bergkinder tuscheln. Die Lehrerin nimmt das Papier entgegen, überfliegt es kurz. Natürlich kriege sie das genehmigt für den Tochtertag, einen zusätzlichen Tag schulfrei, wenn sie zur nächtlichen Froschzählung wolle.

Mit hochrotem Kopf nimmt das Mädchen den Brief des Vaters wieder an sich. Die Bergkinder prusten. Nur eine von diesen weiß noch nicht, was sie zu werden hat, denkt die Lehrerin wehmütig und lässt die Metrac-Fraktion die laminierten Kärtchen unter den neuen Namen an der Pinnwand anbringen.

DIE TOCHTER

BESTANDSAUFNAHME

In den kleinen Tümpeln auf dem Parkplatz des Kieswerks winden sich Blutegel. Das Mädchen reißt sich Häutchen von den Fingerkuppen und drückt daran herum. Sie will die Egel mit Eigenblut füttern. Schwarze Egel in der schwarzen Nacht. Tochternacht. Lautlos schrumpfen die Egel im flachen Wasser zusammen, ziehen sich wieder lang. Das Mädchen verfolgt die Bewegungen gefesselt. Sie wissen nichts von oben und unten, hinten oder vorn, sind Schnürsenkel ohne Schuh, ohne Ziel. Der Vater leuchtet mit der Taschenlampe ins bodenlose Düster der Kiesgrube. Anlässlich des Tochtertags waren er und das Mädchen mit dem Wohnmobil zur nächtlichen Froschzählung gefahren, nun aber sticht ihn der Zweifel. Dieser Beruf macht einen moralisch kaputt. Schadensbegrenzung, gesetzliche Richtwerte, Frust. Kein Beruf für die Tochter, besser nicht, zu traurig.

Schon als Student der Biologie hatte ihn die Art und Weise beleidigt, wie im Sektionsseminar die Frösche ausgeräumt wurden. Draußen verteilten die Studierenden der Geisteswissenschaften Flugblätter und forderten die Emanzipation von der gesellschaftlichen Neurose, drinnen musste man Organe ordnen und beschriften. Der ganze Frosch wurde brachial entleert, aber die Seele des Froschs, die fand man nicht, und überhaupt wurde kein Wort darüber verloren.

Das frustrierte den jungen Vater damals so sehr, dass er in der Studierendenzeitung der Universität ein Gedicht veröffentlichte, in welchem er die Froschseele beleuchtete und gleichzeitig die absurde Fokussierung der Wissenschaft auf die Details des Materiellen anprangerte.

Auch später im Geschäft berief er sich immer wieder auf diese Haltung, die immaterielle Froschseele hat einen Wert, und diesen Wert gilt es zu schützen, erst dieser Wert macht den Frosch zu etwas Gehaltvollem, nicht bloß seine wissenschaftlich belegte Relevanz im großen ökologischen Zusammenspiel.

Der Baustellenleiter des Kieswerks ist nicht besonders begeistert von diesen Ansichten, nimmt sich aber wegen des Tochtertags zusammen.

Am Grund der Kiesgrube sitzt eine einsame Unke. Im trüben Wässerchen versucht sie dem noch trüberen Lichtkegel der Taschenlampe der Tochter zu entkommen, während der Vater dem gähnenden Baustellenleiter erklärt, wie diese winzigen und wundersamen Geschöpfe sich paaren und warum gerade hier unter keinen Umständen weiter geschürft werden dürfe.

Danach kontrollieren Vater und Tochter noch die vor zwei Jahren zwecks Renaturierung angelegten Teiche. Natürlich hatte sich niemand vom Kieswerk dafür verantwortlich gefühlt, und der Laich liegt im ausgetrockneten Schlamm. Der Vater hievt schnaufend Schaufel um Schaufel heraus und evakuiert das Lurchgelege eimerweise zum nächsten Wasser. Die Tochter leuchtet ihm mit der Taschenlampe. Dann ziehen sie sich ins Wohnmobil zurück, das verlassen auf dem riesigen Parkplatz im Mondlicht steht.

Die Tochter möchte lieber kein Licht anmachen, hat Angst, sie könnten entdeckt werden auf der Lichtung, schutzlos. Also macht der Vater im Schein der Taschenlampe Kartoffelpuffer. Die blaue Gasflamme faucht leise, und obwohl die Tochter sein Gesicht nicht erkennen kann, spürt sie die Enttäuschung des Vaters. Er schiebt die Puffer unschlüssig in der Pfanne hin und her, seufzt. Die wachsende Unbarmherzigkeit gegenüber der heimischen Flora und Fauna regt den Vater auf.

«Bestimmt liegt die Ursache bei den Billigflügen und All-Inclusive-Urlauben, die sich mittlerweile jeder Hinterletzte, bestimmt auch der müde Baustellenleiter, leisten kann», wähnt er und wendet die Kartoffelpuffer mit der Holzkelle. Beim Schnorcheln auf den Malediven oder der Kurzsafari im Okawangobecken sähe man dann die grellen Farben und Muster und stumpfe komplett ab gegenüber dem eher bescheidenen Auftreten der hiesigen Spezies. Sie seien dem verwöhnten Auge plötzlich zu braun, zu grau, zu gesprenkelt oder zu blass, schlicht zu fantasielos und fade, verglichen mit den exotischen Exemplaren, die man im Urlaub kennengelernt habe. Und da man sie nun auch nicht mehr sehe, buchstäblich nicht mehr wahrzunehmen fähig sei, und die Agglomeration, die Skipisten und Golfplätze dringend erweitert werden wollten, wolle man von den propagierten Erhaltungsmaßnahmen erst recht nichts mehr wissen.

Am Tag nach der Tochternacht fahren Vater und Tochter mit dem Wohnmobil von der Kiesgrube weiter zum begradigten Fluss.

«Warum sprechen wir eigentlich nie über das Gebiet dort drüben?», fragt die Tochter und zeigt ans andere Ufer.

Aber der Vater dreht sich nicht um. Den Fluss im Rücken, betrachtet er das Kartoffelfeld und die dahinterliegende Kaserne. Hier eine Aushebung und verlangsamter Flusslauf, wenn möglich sogar ein toter Arm. Die Tochter fixiert umgekehrt das gegenüberliegende Ufer. Dort ist doch auch etwas?

Dort wie hier war alles versumpft, früher, Malaria in der Schweiz. Man stelle sich vor. Im Fluss verläuft eine Kantonsgrenze und jenseits dieser Grenze ist noch weniger auszurichten als diesseits, dort braucht der Vater gar nicht erst hinzuschauen. Er vermisst den Möglichkeitsraum mit den Augen, vom Schauen und Nachdenken werden sie feucht. Lurche. Sie brauchen ein Gebiet, das sie feucht hält. In diesem Kanton lassen die Verordnungen das vielleicht zu. Drüben aber ist es unmöglich.

Die Tochter tritt einen Schritt zurück und sieht aus dem Augenwinkel die feuchten Augen des Vaters glitzern. Lurche verstummen, wenn man näher kommt. Die Tochter bleibt auf Distanz. Den Kopf nicht wenden nach den traurigen Vateraugen. Besser mit den eigenen Augen das gegenüberliegende Ufer absuchen, eine Bestandsaufnahme machen. Die Tochter blinzelt, der einsame Baum jenseits des Flusses ist ihr bekannt, dort hatte sie damals den Film mit Ege und Gisela gedreht. Dort hatte sie auch mit dem Engel gespielt. Heute ist der Engel aber vermutlich nicht da. Vermutlich ganz bestimmt nicht. Nicht, wenn Bestandsaufnahme ist.

«Ist dieser Faserpelz dein Vater?», schreit plötzlich eine Stimme am anderen Ufer. Neben dem Baum steht der Engel und wedelt mit den Armen.

Die Tochter wendet sich schnell nach dem Vater um. Der scheint nichts zu hören, schnieft und nestelt am Reißverschluss seines Faserpelzes. Die Tochter reicht ihm, ohne den Blick vom Engel drüben abzuwenden, ein Taschentuch. Er führt es an die Nase, drückt es auf die Augen, seufzt. Wenn er sich umdrehen würde, denkt die Tochter.

Am anderen Ufer will der Engel etwas wissen über die Verwandtschaft.

Der Vater müsste sagen: Ich bin der Vater dieser Tochter. Wir sind Lurche. Wir blicken durch ein stehendes Wasser hindurch auf die Oberwelt. Wir suchen einen Lebensraum.

Aber es ist schwer, ihn zu finden, weil unser Blick getrübt ist. Und die Gesellschaft erkennt uns nicht mehr, weil ihr Blick von Safaris verwöhnt ist. Die Tochter imitiert in sich die Vaterstimme, der Vater sagt nichts und ist in Gedanken bei den Ungerechtigkeiten der Kantone.

Drüben gestikuliert der Engel, deutet erst auf sich, dann über den Fluss auf die Tochter, macht eine aufgeregte Hin-und-Her-Geste mit dem Zeigefinger.

«Ist dir etwa peinlich, dass wir uns kennen?», schreit er über das Wasser. «Willst du nicht zu mir rüberkommen, Unke? Wir können auf Godot warten. Oder sonst was spielen. Oder ich komme zu euch, zu dir und zum Vater.»

Die Tochter schweigt. Plötzlich scheint ihr alles unüberwindbar. Der Fluss, die Distanz, die Vorstellung, dem Vater den Engel vorstellen zu müssen. Dessen stummer Biologenblick, der sagt, der Engel ist kein Engel, sondern eine Vorstellung.

«He, Unke! Kannst du keine Töne mehr?», schreckt die Engelstimme vom anderen Ufer die Tochter wieder auf. «Was ist los? Was macht ihr überhaupt beide hier? Sonst seh ich dich immer allein.»

«Wir kommen von der Tochternacht. Weil ich vielleicht später eine Froschzählerin werde, beruflich», formt das Mädchen unhörbar mit den Lippen. «Aber es ist ein trauriger Beruf. Diese Ebene, sie bekümmert den Vater. Sogar wenn wir im Zug durchfahren, weint er. Es ist einerseits schwierig wegen der Schnellstraße, aber auch wegen der Zugstrecke, dem begradigten Fluss und der Kantonsgrenze.» Die Tochter schielt unauffällig zum Vater. Er reagiert nicht, stellt sich tot, ist ganz Faserpelz, Hinterseite, Rücken.

«Und was gedenkt der Vaterrücken zu tun?», fragt der Engel etwas genervt und deutet mit dem Zweizack auf den abgewandten Vater.

Die Tochter überlegt. Der Vater will eine Tabelle machen und den lebensfeindlichen Raum beziffern. Was zählt, ist der Beweis. Einen Engel, den nur die Tochter sieht, würde der Vater nicht erfassen. *Du solltest dich jetzt nicht umdrehen, Vater,* sendet die Tochter telepathisch an den Faserpelz. Der Vater ist bereits im Tarnmodus.

«Nichts Bestimmtes. Er prüft hier bloß den Möglichkeitsraum ... und macht eine Bestandsaufnahme», erwidert die Tochter schließlich und rückt noch etwas weiter vom Vaterrücken ab. Lange kommt von jenseits des Flusses keine Antwort. Die Atemwege der Tochter werden enger. Es zerreißt ihr fast das Herz. Der Engel will den Vater kennenlernen. Aber das geht nicht mehr. Sie sieht, wie der Engel enttäuscht die Schultern sinken lässt, seine Stimme ist klein und verletzt.

«Früher wolltest du mit den Eltern darüber reden. Über mich. Dass du mich gesehen hast, auf dem Film bei Ege. Und heute denkst du, ich lebe nur in deiner Vorstellung? Was ist denn mit meinem Lebensraum, Unke? Wo soll ich denn hin, wenn du mich nun ebenfalls verdrängst? Dann habe ich nur noch Ege. Du bist gemein.»

Das Mädchen möchte am liebsten in den Fluss springen. Ans andere Ufer schwimmen, den Engel in die Arme schließen, sagen, es tut mir leid. Ich habe Angst, dass mir niemand glaubt. Aber es kann nur wieder blinzeln, die Brille beschlägt. In den Fluss springen und fortgerissen werden. Fertig Bestandsaufnahme. Es besteht kein Engel. Zack. Es besteht keine Tochter.

ERSCHEINUNG

Das Ehebett schwebt in der Ecke und schaukelt. Der Großmutter ist schlecht. Der Großvater sitzt in seiner blauen
Windjacke im Bett in der Ecke und blickt erwartungsvoll zur
Großmutter hinüber, an den Füßen Sandalen. Er leuchtet
wie ein Wesen aus der Tiefsee. Die Blutgefäße schimmern
unter der dünnen Haut, Leitungen von Licht durchziehen
die Arme, Schienbeine, Wangen und Ohren, durchleuch-
ten selbst die Windjacke. Immer bereit für einen Urlaub.
Das Meer, sagt der Großvater, singe jetzt auch in seinen
Ohren und rufe ihn, aber sein Schiff sei ein Bett, und immer
sei der Großmutter übel, so könne man nirgendwohin,
auch er nicht, allein wolle er nicht reisen. Die Großmutter
bekommt die Nachmittagstablette von der Pflegekraft, der
Großvater schwebt noch immer im schwankenden Ehebett
und wartet.

Eine Sinnesverwirrung, sagt die Pflegekraft, seit der
Großvater tot sei, fast täglich. Aber das sei das Leben, eine
Aneinanderreihung von Sinnesverwirrungen.

«Am Leben sein ist Täuschung, Ferien und Fußball. Das
bleibt, was es ist. Die Grundsubstanz aus Verzweiflung»,
bestätigt die Großmutter. Sie habe gelebt, aber kein Leben
geführt.

«Und was ist mit euch?»

Klamm stehen die Mutter und die Tochter am Krankenbett. Der Mutter entfährt ein Luftgeräusch. Sie hatte ei-
gens zwecks Großmutterunterhaltung Fotos ihrer Skulp-
turen ausgedruckt auf teurem Fotopapier, die jetzt nicht
beachtet werden.

«Ich hätte einen produktiven Tag im Atelier haben können. Und die Tochter müsste dringend Rechenaufgaben
nachholen, weil sie einen doppelten Tochtertag freihatte»,

sagt die Mutter durch die Zähne, «und nun müssen wir uns deine verdrießliche Bilanz anhören?»

«Immerhin nur die Bilanz», sagt die Großmutter, «die Einzelereignisse behalte ich für mich.» Der Wind solle kommen und die Zettel durcheinanderwirbeln. Der Großvater sei schon ganz durchsichtig vom Warten, und noch immer kein Wind.

Die Tochter liest aus den Beipackzetteln der Medikamente vor.

«Eine Behandlung mit Benzodiazepinen dient der Verminderung von Erinnerungen an assoziierte Ereignisse. Nicht zur Behandlung ohne erkennbare Ursache auftretender Depressionen oder psychotischer Störungen (Wahnvorstellung, Halluzinationen, Wahrnehmungsstörungen) geeignet – außer vorübergehend als Zusatzmedikation bei Patienten mit begleitenden Angstzuständen oder Schlaflosigkeit, wenn diese durch die Grundbehandlung mit Antidepressiva bzw. Neuroleptika (Arzneimittel mit beruhigender Wirkung) nicht ausreichend beherrscht werden. Bei Patienten mit depressiver Verstimmung ist Vorsicht geboten, da depressive Erscheinungen in Einzelfällen verstärkt auftreten können. (Siehe Nebenwirkungen: Depression, Verwirrtheit, erneutes Auftreten einer Depression.)»

Was denn zuerst da gewesen sei, die Verzweiflung oder die Tabletten?, will die Tochter wissen.

«Einerlei», sagt die Großmutter. «Die Tabletten sind hellblau. Die Verzweiflung auch.»

Die Mutter streckt ihr nochmal die Fotos ihrer Figuren hin. Vielleicht gefallen ihr ja die früheren Werke besser.

«Zwei Frauen ohne Arme. In Gips!»

Die Großmutter schaut durch die Bilder hindurch und sagt: «Schön. Muss ich dazu noch Ja sagen? Ja zu zwei Frauen ohne Arme? Zu dir? Oder zu ihr?» Sie deutet zittrig auf die Tochter. «Ich sage Nein zu einem Leben ohne Arme.»

Die Großmutter will sich von dieser Nachkommenschaft wegdrehen und die Wand anschauen. Aber sie kann sich nicht umdrehen.

«Dreht mich um. Ich will euch nicht mehr sehen», fordert sie.

Doch die beiden Frauen haben keine Arme. Können nichts ausrichten, schauen bloß ungläubig.

Die Großmutter schließt die Augen und wechselt in Gedanken vom Krankenbett ins Ehebett. Zum Meer entschweben, mit dem Großvater. Endlich Zeit füreinander. Ja sagen zu dem, was ein Leben lang ihr Leben gewesen war. Das könnte sie zumindest versuchen. Ja zu diesem Garn, das sie gesponnen hat und dessen Ende jetzt beim leichtesten Luftzug zittert. Sie sehnt den großen Wind herbei. Die Frauen am Bett verabschieden sich, es käme später noch Besuch vom Doktor.

Mit geschlossenen Augen versucht die Großmutter zu begreifen, wer gemeint ist, wer Besuch bekommt. Die armlosen Gipstorsos? Oder sie selbst? Zwei helle, stumme Umrisse vor der schwarzen Schablone des Fensters. Wer sind diese Frauen?

TÄUSCHUNG

Die Eltern haben Gäste zum Abendessen eingeladen, den Heiler und seine Lebensabschnittspartnerin. Die Lebensabschnittspartnerin gehört zum neuen Lebensabschnitt des Heilers, der sich in der Stadt abspielt. Summend sortiert sie das Obst in der Obstschale um. Das Mädchen sitzt mit angezogenen Knien auf dem Sofa und verfolgt die Neuordnung der Früchte. Die Gesten, mit denen die Lebens-abschnittspartnerin abwägt. Die Handteller, die kurz über jeder Frucht schweben, sie behutsam greifen und in der Schale neu ausrichten. In den Ohren des Mädchens kitzeln die Summtöne, eine leichte Variation. Je nach Frucht ent-weichen sie mehr aus dem Bauch, mehr aus der Brust der Lebensabschnittspartnerin. Der geisterhafte Einklang der Lebensabschnittspartnerin mit ihrem Obstvorhaben ver-setzt das Mädchen fast in Trance.

«Die Zwetschgen haben eine dunkle Energie», meldet die Lebensabschnittspartnerin dem Heiler, der an den Türrahmen zur Küche gelehnt mit der Mutter schäkert. Eine Angel-Channeling-Fortbildung habe er neulich ge-macht. Von seiner Mentorin in Kalifornien empfohlen. Sehr beeindruckend. Dabei öffne man einen Teil seines Geistes für die Engelsphäre und nehme Kontakt zum Jen-seits oder der Vergangenheit auf, stelle seine Stimme quasi den Botschaften der Engel zur Verfügung. «Wie ein Medium.»

Das Mädchen auf dem Sofa zuckt zusammen. Der Hei-ler wirft einen Blick über die Schulter, doch die Lebens-abschnittspartnerin ist bereits summend aus der Balkon-tür entschwebt, um die Energie der Tomaten zu erfühlen. Die Zwetschgen hat sie neben der Obstschale liegen lassen. Die Augen des Heilers bleiben in denen des Mädchens hängen.

«Wahnsinn …», murmelt er und löst sich ruckartig vom Türrahmen, kommt auf das Mädchen zugepirscht. Schiebt sich, die Hände auf den Oberschenkeln, vornübergebeugt in ihr Blickfeld. Seine eisblauen Augen forschen in den ihren.

Tapfer hält sie seinem Blick stand. Blinzelt nicht, atmet nicht. Krallt die Fingernägel in die Kniescheiben. Das ist ihr Platz. Sie wird nicht wegblicken. Er kann sie nicht vertreiben.

«Eure Tochter sieht auch Engel», informiert er die Mutter lapidar und löst sich aus dem Blickduell, um in seiner Brieftasche zu kramen. «Hier sind hundert Franken.» Perplex schaut das Mädchen auf den blauen Schein. «Na, nimm ihn schon. Eine kleine Belohnung, alles hat seinen Preis, meine Kleine, das wirst du schon noch lernen –», der Heiler drückt ihr das Geld ungefragt in die Hand, wendet sich wieder der Mutter zu. «Das ist genial, wie habt ihr das hingekriegt? Dass sie in dem Alter noch Engel sieht?»

Hilfesuchend schaut sich das Mädchen nach dem Vater um. Er sitzt auf der Eckbank am Esstisch und schneidet Sellerie in gleichmäßige Würfel, überhört die Diagnose.

Mit einer skeptischen Stirnfalte und einem Küchentuch über der Schulter kommt die Mutter ins Wohnzimmer. «Engel, soso.» Wenn man ihr Geld dafür geben würde, würde sie die Engel bestimmt auch sehen. Logisch, logisch.

Das Mädchen umfasst den Schein etwas fester. Sie könnte auf einen eigenen Fernseher sparen, oder eine Kamera.

«Sie hat eine Gabe», führt der Heiler aus. Das müsse man doch unterstützen, sie könnte ein Medium werden. Er selbst habe ein Vermögen gemacht mit den Kupferantennen und dem Gegengift gegen Aids. «So lernt die Kleine, ihr Talent zu Geld zu machen.» Dagegen könne die Mutter ja wohl nichts haben? Augen auf bei der Berufswahl.

Wieder versucht das Mädchen, den Vater telepathisch zu aktivieren. *Es geht um meinen Beruf, Vater. Wir wollten doch herausfinden, ob die Unke eine gute Froschzählerin werden könnte. Am Tochtertag.*

Aber der Tochtertag hatte ein abruptes Ende genommen, denn als der Vater sich umwandte, um die Beobachtungen der Tochter zu erfragen, stand die Tochter bis zur Hüfte in dem begradigten Fluss, wäre beinahe umgerissen worden, wäre der Vater nicht ebenfalls hineingestiegen, um sie zurück an Land zu holen. Desorientiert hatte die Tochter um sich geblickt. Was sie denn im Wasser gesucht habe? Dort gäbe es wirklich gar nichts Lebendiges mehr. Diese künstlichen Ufer, da wachse nicht mal ein Schilf, höchstens Algen. Beinahe wäre der Vater ausgeglitten. Der entgeisterte Blick der Mutter, als sie beide mit nassen Hosen vom Tochtertag zurückgekehrt waren.

DER SOHN

RENATURIERUNG

Zusammengesunken vor Konzentration sitzt der Vater am gleichmäßig abfallenden Ufer. Er war noch einmal zurückgekehrt, um die Bestandsaufnahme abzuschließen, diesmal aber ohne Tochter. Er tippt die Zahlen auf seinem Laptop in eine Tabelle. Die Zahlen sind mager. Kein Silberreiher, eine Bachstelze und zwei Bisamratten, von Haubentaucher und Gänsesäger ganz zu schweigen, murmelt er vor sich hin. Immerhin einen Graureiher hat er gesichtet, der Reiher hat den Vater ebenfalls gesichtet, starren Auges ist er dem Blick des Vaters durch die Linse des Feldstechers begegnet, hat sich dann in die Luft geschwungen und irgendwo hinter der Schießanlage der Kaserne niedergelassen.

Im Augenwinkel regt sich etwas, schnell blickt der Vater auf. Vielleicht ein Lebewesen, das er noch nicht registriert hat? Etwas weiter flussabwärts steht eine Gestalt. Der Vater lässt die Schultern sinken. Von der Gestalt steigt Rauch auf. Doch kein Tier. Ein Schlot, der sich langsam nähert.

Es ist Ege. Er kommt barfuß herangeschlendert, eine ärmellose, schwarze Lederweste schlackert um seinen nackten Oberkörper. Der Vater beugt seinen Oberkörper noch etwas mehr über den Laptop. Der nahende Oberkörper Eges kann nur bedeuten, dass der Vater in Kürze in seiner Arbeit gestört wird. Verfänglich wird das sein, dass sie sich hier begegnen.

Was denn der Vater hier mache, ruft Ege heiser. Hier gäbe es doch nichts zu tun. Seine Zigarette wippt im Mundwinkel, er stellt sich hinter den Vater und versucht, auf den Laptop zu schauen.

Er mache eine Bestandsaufnahme. Ein begradigter Fluss, das sei für Flora und Fauna ein Korsett, erklärt der

Vater, die Zahlen bestätigten die Ahnung, hier rege sich nicht mehr viel.

«Wahrlich desolat», bestätigt Ege, «hier kann man lange auf das Leben lauern. Manchmal kommen Panzer vorbeigefahren, nur wenn die von der Kaserne drüben Krieg üben, kommt etwas Bewegung ins Bild. Aber sonst, nur Fluchtlinien, nur Parallelität.»

Parallelität, soso, der Vater rollt sich innerlich zur Igelkugel gegen Ege, er ist ihm lästig. Er will rasch die letzten Zahlen und Werte eintragen und dann verschwinden.

Und jetzt werde das Wenige, was hier übrig sei, noch in die Tabelle des Vaters eingetragen? Ob es denn so nicht erst recht verschwinde?, will Ege wissen.

Der Vater sieht auf das Raster der parallelen Linien seiner Tabelle. Für einen kurzen Augenblick fragt eine Stimme im Vater, ob Ege nicht vielleicht recht hat. Auch der Graureiher war kurz nach seiner Erfassung weggeflogen, und wo er gelandet war, das hatte der Vater nicht verzeichnen können. Doch dann siegt erneut der Widerstand im Vater. Ege hat gut reden mit seinen Behauptungen, an denen nichts hängt, nichts Reales, was fliegt oder kriecht, nistet oder Nahrung sucht. Als nächstes wird Ege ihm noch mit unbeaufsichtigten, umfallenden Bäumen im Wald kommen. Einmischung der beobachtenden Instanz und so weiter, Behauptungen über Behauptungen.

Des Vaters Tabelle hingegen wird etwas aussagen. Ergebnisse werden es sein. Und er wird die Ergebnisse der Tabelle höchstpersönlich zu den Behörden tragen, die nicht selbst zum begradigten Fluss kommen können, weil sie in ihren begradigten Büros die Begradigung der Welt planen. Er wird sich mit Hilfe der geraden Linien der Tabelle bei den Behörden Gehör verschaffen. Denn dort liegt schließlich das Problem. Die Natur ist von Natur aus nicht gerade. Er als ihr Fürsprecher muss sich in begradigter Gestalt bei den Behörden einschleichen, getarnt hinter Formularen, Feldern, Grafiken und geraden Linien. Wer kraus oder unregelmäßig daherkommt, wird von den Behörden nicht ernst genommen. Später wird hier ein Schild die Vorzüge der Renaturierung ausweisen, und die Leute werden außerhalb der Wildruhezone eine Naherholung mit Steinmännchen aus Flusskiesel genießen.

«Wer eine Renaturierung erwirken will, kann sie nicht einfach herbeifantasieren», konstatiert der Vater.

Ege linst auf die Tabelle, der Vater klappt den Laptop zu. Eges Metaebene ist ihm suspekt. Er möchte lieber ins Büro, die Ergebnisse auswerten. Anstandshalber erkundigt er sich, was denn Ege hier am Fluss vorhabe? Nein! Dieser Anstand ist eine Falle, hört der Vater seine eigene Stimme in sich mahnen. Eilig hievt er sich vom Ufer auf und klopft seine Hose ab.

Ege grinst und wühlt in seinen Westentaschen. Die Stimme war schlau, der Vater bereut bereits die Frage. Eigentlich will er nicht wissen, was Ege an diesem Niemandsort macht, wie er hierhergekommen ist, warum er keine Schuhe trägt, was ihn an der Parallelität der Linien interessiert, was er in seinen Westentaschen hat. Dem Vater wird unwohl.

Ege klopft sich eine Zigarette aus der Schachtel und kramt anschließend wieder eine Unendlichkeit lang nach Streichhölzern. Vielleicht hat er die Frage des Vaters nicht gehört, dem Vater wäre es recht. Zitternd führt Ege das brennende Streichholz zum Mund. Das ganze Gesicht strebt wie ein Schnabel dem kleinen Feuer zu, Eges Augen leuchten tief in ihren Löchern, der Unterkiefer rückt vor, die Nase zielt exakt, die Backenhaut ist bereit, das Vakuum zu erzeugen, den ersten Rauch in Eges Inneres zu saugen, die

Zigarette brennt, endlich, der Vater kommt fast um vor Ungeduld.

Er sei hier mit seinem Sohn verabredet, presst Ege mit dem ersten Lungenzug heraus. Erst der Rauch, dann die Wörter. Das sei praktisch, hier gäbe es alles, was für ein Treffen mit dem Sohn nötig sei. Ein wenig Grünzeug, den Fluss, hinten die Kaserne, ab und zu eine Schießübung, eine asphaltierte Straße. Der Sohn komme seit Neustem nur noch mit dem Auto, mache keinen Schritt mehr zu Fuß. «Eigentlich müsste er längst hier sein», Ege schaut in beide Richtungen, er warte schon eine Weile.

Nichts rührt sich. Der Vater ist irritiert. Müsste Ege nicht wissen, woher der Sohn komme, von links oder von rechts?

«Von Berlin», meint Ege, «aber eher von rechts.» Kaum erwachsen, wolle der Sohn möglichst nicht werden wie Ege. Aber da habe er etwas verwechselt, der Sohn. Eine kleine Erbschaft vom Großvater in Berlin, das hätte gereicht für das Auto, und seit er das Auto fahre, sei der Sohn auch ziemlich sicher, dass er in der Volkswirtschaft Fuß fassen werde, also dass es dort tatsächlich etwas zu tun gäbe für ihn. Aber all das habe mit dem Auto angefangen, und das Geld für das Auto habe der Sohn ja nicht selbst erwirtschaftet. «Ein Faszinosum, wie dieser Windelmensch, der er einst war, jetzt Zusammenhänge schafft.» Ratlos heben sich Eges knochige Schultern aus den Armlöchern der Weste, der Vater schweigt, der brennende Tabak knistert.

«Und dieses Auto», hebt Ege erneut an, «es fährt einfach zu schnell, der Sohn im Auto denkt zu schnell, wird so immer über das Ziel hinausschießen und kommt jetzt trotzdem nicht rechtzeitig zur Verabredung.» Ege krächzt ein Lachen.

Ege ist ein Geier, sagt die schlaue Stimme im Vater. Er

lebt von Zusammenhängen, die sonst niemand will. Seine Laptoptasche wird langsam schwer.

Der Vater wartet nun ebenfalls auf den Sohn. Der schnelle Sohn soll schnell kommen und ihn von Ege und seinen Zusammenhängen befreien. Erschöpft lässt er die Laptoptasche auf den Asphalt sinken. Ege verfolgt die Bewegung der Tasche aufmerksam mit stechenden, roten Augen. Was ist mit diesen Augen?, fragt sich der Vater. Die Laptoptasche kippt mit einem dumpfen Geräusch um. Erschrocken zieht er sie wieder hoch. Ege wird von einem Hustenanfall geschüttelt, die Schultern kommen in schnellen Abständen aus der Weste gezuckt. Dabei lässt er die Tasche nicht aus den Augen.

Der Vater drückt die Laptoptasche, die wertvolle Bestandsaufnahme, an seinen Bauch. Eges durchdringender Blick könnte die Tatsachen in der Tabelle gefährden. Das ist Unsinn, mahnt die schlaue Stimme im Vater.

Aber Ege verhält sich auch unsinnig. Er keucht und schüttelt sich, die Zigarette fällt auf sein weißes Brusthaar, er pickt nach ihr, hebt die Arme, pickt wieder, hüpft, pickt, krächzt. Hilfesuchend schaut der Vater nach dem Horizont. Wo bleibt bloß dieser Sohn?

Ein Auto, endlich. Das sei bestimmt der Sohn, versucht der Vater den außer Rand und Band geratenen Ege zu besänftigen. Vielleicht bringe ja der Sohn etwas zu Essen für ihn. Oder ein Geschenk?

Ege rüttelt mit den Armen, winkelt die Gelenke an, faltet sie weg, nimmt sie wieder hervor, streckt sie, die Haut flattert. Ege kreischt und macht ein paar verstörende Hüpfer auf den Fluss zu, die schmauchende Zigarette rollt über den Asphalt. Instinktiv bückt sich der Vater, um sie aufzuheben. Eine Aufgabe, eine einzige, vernünftige Sache. Er spürt den feuchten, weichen Filter zwischen Daumen und

Zeigefinger, das glimmende Ende, ganz nahe, ganz ruhig. Eges Zigarettenabfall ist behaglicher als Ege selbst. Hoffentlich ist er fort, wenn der Vater sich aufrichtet, hoffentlich. Da kommt das Auto vor ihm auf der Straße zum Stehen.

Der Sohn steigt aus und schaut auf die Uhr. Wo sein Vater sei? Die Autotür lässt er offen stehen. Er sei im Stress. Lässt den Autoschlüssel am Schlüsselring um den Zeigefinger kreisen und mustert den Vater, mit dem er nicht verabredet ist. Dieser steht verloren mit der Laptoptasche in der einen und dem Zigarettenstummel in der anderen Hand.

Er sei doch auch von irgendwem der Vater ... Von diesem Mädchen, das immer bei Ege vor dem Fernseher hocke und sein verwackeltes Zeug anschaue?

Der Vater weiß nichts von verwackeltem Zeug.

Diese unscharfen, verrüttelten Filme, von denen man Kopfschmerzen bekomme, Eges Lebenswerk. Der Sohn deutet auf den Zigarettenstummel in der Hand des Vaters.

«Das ist jedenfalls Eges Zigarette, oder etwa nicht?»

Nickend findet der Vater einen Einstieg.

«Eben ist Ege noch hier gewesen, eben hat er einen Hustenanfall gehabt, er hat deine Ankunft hier erwartet, aber dann wurde er aufgescheucht, vielleicht vom Motorengeräusch des Autos ...», berichtet der Vater und hält dem Sohn den Zigarettenstummel hin als Beweis. Über die gepolsterte Anzugschulter des Sohns sieht der Vater Ege im Feld stehen. «Dort drüben in den Kartoffelpflanzen. Ege versteckt sich!»

Doch der Sohn dreht sich nicht um. Solche Witze interessieren ihn nicht, meint der Sohn ungeduldig. Er sucht etwas im Inneren des Autos. Genervt stellt er eine Packung Lindor-Kugeln in den Grasstreifen zwischen Feld und

Straße. Der Vater wolle gar nicht wissen, was passiert, wenn Ege seine Lindor-Kugeln nicht bekomme, raunt der Sohn, das wolle niemand wissen.

Der im Feld stehende Ege grinst herüber. Der Vater hatte schon zu einem früheren Zeitpunkt von all diesen Angelegenheiten nichts wissen wollen und fühlt sich vom Sohn verstanden. Der Sohn steigt wieder ins Auto und lässt das Fenster herunter. Der Vater solle Ege doch die Lindor-Kugeln geben, wenn er so gut sein wolle. Er selbst wolle noch ein bisschen arbeiten und telefonieren. Bitte sehr.

Der Vater wehrt sich, er sei selbst auch auf dem Weg ins Büro, er bleibe nicht hier.

Dann solle er doch gleich mit ihm mitfahren, kein Problem. Der Sohn wedelt den Vater auf den Beifahrersitz. Man könne die Schokoladekugeln einfach hierlassen, keine Zeit für Spielchen. Immer dieser Aufwand mit dem Vater. Sogar Schneeketten habe er für sein Auto gekauft, wenn er jede Weihnacht von Berlin hierherkarren müsse, in diese Einöde. Hier unten im Flachland ginge es ja noch, aber da oben – er deutet auf die steile Abrisskante oberhalb des Sees, das Dorf, das am Abhang sitzt – im Winter! Der Sohn kann sich nicht erholen. Er wolle hoffen, dass sich die Schneeketten als preiswert erweisen und wenn nicht, werde er sich später im Leben, wenn er in der Volkswirtschaft tätig sei, dafür rächen.

Darauf hat der Vater nichts zu sagen. Er blickt auf den Zigarettenstummel in seiner Hand.

Der Sohn drückt aufs Gas. Und überhaupt und generell, der Motor brummt, der Sohn redet sich heiß – Schneeketten, Schulden, Kriegsaltlasten. Man werde dann schon sehen, Europa! Wozu? Sie rasen die lange, gerade Straße entlang, die Felder wechseln sich ab, Kartoffel, Raps, Kartoffel. Die Landschaft hechtet dem Sohn entgegen. Er hat diesen unverwechselbaren, ernsthaften Gesichtsausdruck junger Leute, die ihre ersten Autos lenken, denkt der Vater. In ihm regt sich etwas. Er versteht, dass Ege diesem Sohn nicht zwischen Zimmerwänden begegnen kann. Ein solcher Sohn braucht Fluchtwege.

VERWECHSLUNG

Was ist mit dem Heuwender in der Einfahrt?, wundert sich der Vater. Er hat sich an den spitzen Zinken des Gefährts zur Tür des Ateliers vorbeigedrückt.

«Vom Freund», sagt die Mutter, ohne aufzublicken. Sie ist über einen flachen Klumpen Ton auf der Tischplatte gebeugt.

«Freund?» Stirnrunzelnd kommt der Vater näher und schaut der Mutter über die Schulter.

«Scheinbar, ja.» Ein paar Stöße aus der Sprühflasche. «Der Älteste der Bauernfamilie drüben. Er kommt sie mit dem Heuwender abholen.»

Der Vater betrachtet das Tongebilde auf dem Tisch. Ein kleiner Körper in Sphinxhaltung, dicht an den Untergrund gepresst. Ärmchen und Beinchen angewinkelt, das flache Gesicht abwartend der Oberwelt zugewandt. Die Mutter befeuchtet es.

«Eine Unke?», fragt der Vater vorsichtig.

«Ein Unkenmädchen», korrigiert die Mutter, in ihrer Stimme eine Weichheit. Vor dem Tor springt mit großem Gerassel der Heuwender an.

«Ausgerechnet! Die Braune liegt nur noch auf der Seite.» Bald werde sie kalben. Eigentlich sei das seine Sache, muffelt der Bauer. «Schließlich seine Kuh.»

161

«Schließlich, schließlich», gibt der Sohn zurück. Schließlich müsse er auch in der Liebe Erfahrungen sammeln. Ob er denn die Braune ehelichen solle? Ob der Vater denn Kuhenkel wolle? Der Sohn regt sich sehr auf.

Solange man noch unter seinem Dach wohne, werde unter diesem Dach noch gemistet und zu den Kühen geschaut, bevor man den Mädchen nachsteige, wettert der Bauer. Dieser Hitzkopf von Nachwuchs. Nachher dürfe er das Mädchen seinetwegen mit dem Metrac abholen.

Der Hitzkopf beeilt sich also mit dem Ausmisten, duscht heiß, zu heiß, wird aufgeweicht und rot, schreit die mit dem Finger hämisch auf ihn zeigenden jüngeren Geschwister an, wird vor Wut noch röter und sprüht Axe Africa auf die aufgeweichten Hautpartien. Was wissen denn diese Rotzgesichter von der Liebe? Die ganze Familie riecht nach Mist, das ist bei der Liebe höchst hinderlich. Wenigstens sieht man den Mist nach dem Duschen nicht mehr. Und wenn das Mädchen erst das neugeborene Kälbchen der Braunen sieht, wird sie den Geruch hoffentlich vergessen. Im offenen Führerstand des Heuwenders trocknet der aufgeweichte Freund schnell.

Der Freund würde dem Mädchen am liebsten schon auf der Polstergruppe vor dem Fernseher in die Hose greifen. Wie ein hungriges, ungeduldiges Tierjunges stößt er zu. Das Mädchen schiebt die Hand weg. Sie hatte sich die Nahaufnahme dieses Freunds anders vorgestellt als sie zuschaute, wie er mit der Heugabel ins dürre Gras stach, die Fuder aufgabelte und herumschleuderte. Die elastischen Bewegungen verkündeten: Alle Aufgaben dieser Welt sind mit einer Heugabel zu bewältigen. Und so schien es. Das Vieh, zufrieden das hingeworfene Heu kauend, sagte: Danke, mein Engel. Der Hofhund, mit dem Gabelstiel in die Rippen gestoßen, jaulte: Erbarmen, mein Rächer.

In der Nahansicht aber ist alles anders. Die weißliche Haut um die bis auf einen schmalen Streifen abgekauten Fingernägel des Freunds ist noch immer aufgeweicht. Im Fernsehen läuft eine nervöse Talentshow. Ein Blinder singt, er sei der Anton aus Tirol, hinter ihm verrenken sich Background-Tänzerinnen in eng anliegenden Skelettoveralls.

Hier sei kein Ort, sich in die Hose greifen zu lassen, findet das Mädchen. Die jüngeren Geschwister glotzen mit offenen Mündern und glasigen Kuhaugen auf die Hand des Freundes, die bereits wieder den Hosenbund belauert. Oben im Zimmer des Freundes steht ein riesiges, beheizbares Wasserbett. Neben dem Wasserbett steht Lara Croft und zielt mit ihren zwei Pistolen auf die Kissen. Auch dort sei nicht der geeignete Ort, sich in die Hose greifen zu lassen. Das Mädchen würde gern etwas Poetisches mit dem Freund teilen, vielleicht einmal zusammen ein Glas Milch trinken bei Vollmond? Der Freund ist frustriert. Ob sie sich heimlich selbst befriedige? Und was sie überhaupt gegen den Anton aus Tirol habe? Es sei schwierig mit ihr.

Die Eltern bekommen den Freund fast nie zu sehen, sie hören nur das Rasseln des Heuwenders vor dem Haus, dann ist die Tochter fort. Spätnachts dann wieder derselbe Höllenlärm, und die Tochter verschwindet lautlos wie ein Schatten in ihrem Zimmer.

Sie wollen ihr nicht reinreden, sie wird schon selbst wissen, was sie will. Hauptsache, sie kehrt in ihr Zimmer zurück. Vor sechzehn gilt die Zimmerregel. Die Tochter versteht die Regel nicht, und als sie den Freund doch einmal mit ins Zimmer nimmt, machen die Eltern eine Protestaktion. Im Morgengrauen drücken sie sich am Heuwender vorbei, der immer noch in der Einfahrt steht, und verstecken sich im Café Enzian. Solange der Freund noch im

Zimmer der Tochter ist, werden sie nicht ins Haus zurückkehren. Hohläugig vom kurzen Schlaf hocken sie im Enzian und warten darauf, dass der Heuwender vorbeifährt. Sie würden vielleicht noch tagelang im Enzian ausharren müssen, gibt die Mutter zu bedenken. Das sei doch ein pädagogischer Unfug.

Verzweifelt blättert die Tochter im Telefonbuch. Die feinen Seiten haften aneinander. Die Nummer vom Enzian. Ihre Hände zittern.

«Das ist doch nicht normal», kommentiert der Freund den handgeschriebenen Zettel der Eltern, den sie der Tochter auf dem Esstisch hinterlassen haben. Die Tochtertränen malen dunkle Flecken auf das Papier des Telefonbuchs. Die Eltern verloren. Verscheucht, für immer. Für immer alles falsch gemacht. Warum überhaupt die Liebe zu diesem Freund? Nur wegen der Heugabel? Weil diese blöde Gabel sie an den Zweizack des Engels erinnert, der sich seit dem Verrat am Tochtertag nicht mehr zeigt und den sie vermutlich auch für immer verloren und vertrieben hat.

«So viel Geheule wegen einer Nacht!» Kopfschüttelnd verlässt der Freund das Haus. Das neu geborene Kalb benennt der Freund nach dem Vater eines anderen Mädchens. Das ist ein klares Zeichen, diese Liebe ist am Ende.

VERSÖHNUNG

Gisela bremst abrupt ab, kurbelt die Scheibe runter. «Willst du mitfahren?»

Die Nachbarstochter nickt, wirft den Rucksack in den Kofferraum, zögert kurz und schlägt ihn dann heftig zu.

«Ho, junge Dame, bisschen Feingefühl mit dem alten Gefährt», ruft Gisela.

Der Boden des Kofferraums ist komplett ausgekleidet mit vergilbten, knittrigen Dokumenten, obendrauf liegt ein Zweizack. Wie ein Stich ins Herz. Bestimmt eine Täuschung. Vermutlich bloß eine Harke, ein Gartengerät von Gisela.

«Nein, meiner», antwortet eine Stimme von der Rückbank. Das Mädchen versucht, die Gestalt hinter sich im Rückspiegel unauffällig ins Visier zu nehmen, macht einen langen Hals. Ein leuchtendes Gesicht, ein blasser Hals, die schwarze Lederweste. Vertraute Wärme steigt im Mädchen auf, die Brust weitet sich. Der Engel ist wieder da. Keine Täuschung, doch keine Harke. Aber warum ist er jetzt mit Gisela unterwegs? Das Mädchen beschließt, erst mal systematisch zu fragen.

«Was hast du da im Kofferraum?»

«Ach, das ist alles Altpapier ...», winkt Gisela ab.

«Sie fährt es schon seit Jahren durch die Gegend. Sie weiß nicht, wohin damit», kommentiert der Engel von der Rückbank. Gisela hebelt an der Gangschaltung, das Auto heult auf.

«Und sonst?», fragt das Mädchen so unschuldig wie möglich. Aber Gisela wirft ihr bloß zwischen zwei Kurven einen irritierten Blick zu.

«Vergiss es, Unke, sie kann weder mich noch den Zweizack sehen. Du weißt doch, ich bin eine Vorstellung. Deine.»

Das Mädchen verdreht sich mühsam auf dem Vordersitz, um direkten Blickkontakt mit dem Engel aufzunehmen. Er verhält sich seltsam. Ob er ihr noch böse ist? Und was hat er vor?

Gisela weicht unwirsch einem entgegenkommenden Heuwender aus. Sie solle sich bitte wieder normal hinsetzen, wenn was passiere, die Kurven, nicht auszudenken, ruft sie. So spannend seien diese Papiere da hinten nun wirklich nicht. Das habe sie einfach immer wieder vergessen zu entsorgen, basta. Doch das Mädchen kniet verkehrt herum auf dem Vordersitz und mustert die blanke Brust des Engels. Er ist keine Minute älter geworden seit dem Verrat am Fluss.

Wozu denn?, erwidern seine Augen. Einer muss beim Verrat stehen bleiben, damit der andere weitergehen kann. Alles hat seinen Preis. Wenn du mich verdrängst, gehe ich zurück zu Ege. Und du? Hast du inzwischen irgendwas Lohnenswertes erlebt als junge Dame? Ein erstes Honorar für Einbildungen? Die Liebe zu einem Heugabelfreund?

Das Mädchen muss unvermittelt lachen. Der Engel hat recht. Es ist ihr letztes Zusammentreffen, sie sollten das Beste daraus machen. Das Mädchen wirft ihm eine Kusshand zu. Der Engel fängt den Kuss auf, steckt ihn in die Westentasche. Sein Grinsen wird breiter, wilder, schöner, zieht die Sekunden lang, bis sie fast zerreißen.

«Jetzt aber sofort wieder hinsetzen! Und anschnallen! Ich will, dass du dich anschnallst.» Giselas Stimme ohne Richtung, vorne raus, vorne ist die Straße.

Widerstrebend dreht sich das Mädchen um, sucht nach der Schnalle des Sicherheitsgurts. Eine Weile fahren sie schweigend, dann fängt Gisela wieder an.

«Nicht alle Kinder werden so geliebt wie du, verstehst du? Die Mutter, der Vater, Ege, sie denken an dich. Sie wissen, was du bist und was du wirst. Der Sohn aus Berlin aber wird nicht registriert. Diese Papiere da hinten sind die Wahrheit. Über den Sohn. Dass er war und wie es war, hier mit uns. Ihr habt damals zusammen Nektar aus den Kleeblüten gesaugt, aus den rosafarbenen lieber als aus den weißen, ich habe euch sogar gefilmt, wie ihr zusammen im Klee gesessen habt, du und der Sohn! Die Bilder davon, ich habe sie mit eigenen Augen gesehen.»

Gisela lächelt nicht mehr, ihre Stimme ist gepresst, sie hält sich am Lenkrad fest. «Wozu chauffiere ich dich hier herum? Wenn du keine Momente mehr weißt und keinen Klee mehr erinnerst? Diese Momente, waren sie dir nicht stark genug? Aber ich habe gefilmt, damals. Ich habe den Sohn festgehalten.»

«Ich bin gekommen für den Sohn», bestätigt der Engel auf der Rückbank. «Daran erinnerst du dich? Du hast ihn auf Eges Kassetten gesehen, aber du wusstest nicht, wer das ist. Und niemand wusste, was mit dir ist. Dann kam ich, als Antwort.»

Gisela fährt schwungvoll auf den Parkplatz vors Haus, dann sackt sie am Steuer zusammen. Ege hat schon wieder die Fensterläden zu. «Den ganzen Tag zu», seufzt sie.

Das Mädchen löst den Sicherheitsgurt und rechnet. Der Sohn aus Berlin müsste mittlerweile erwachsen sein. Gut für ihn. Es steigt aus und geht um das Auto herum zum Kofferraum.

«Sind die Lindor-Kugeln für Ege da hinten?», fragt Gisela über die Schulter, «hier vorne sind sie nicht.» Gestresst zerrt sie am Autoschlüssel.

«Ja, der Sohn aus Berlin bringt Lindor-Kugeln, wird geliebt, jaja», plappert der Engel mit Papageienstimme und klettert aus der Hintertür. Umständlich fummelt er den obersten Knopf durchs Knopfloch, streicht die Lederweste glatt, ist bereit für alles. Bereit wofür? Das Mädchen deutet stirnrunzelnd auf den abgewandten Rücken Giselas im Auto. Der Engel hebt die Hände zu einer ratlosen Geste, zuckt mit den Schultern.

Das Mädchen will keinen Unfrieden mit dieser Geschichte. Aber es würde gern erfahren, was der Engel nun vorhat. Gisela wühlt noch immer im Handschuhfach. Der Engel angelt sich seinen Zweizack und die Lindor-Kugeln aus dem Kofferraum, will schon hoch zum Haus stapfen. Das Mädchen packt ihn am Arm.

«Ist es, weil ich an dir gezweifelt habe? Wegen des Verrats unten am Fluss? Bist du deshalb zurück zu Ege?»

Der Engel winkt ab.

«Ach Unke, vergiss. Tempi passati. Klar war ich enttäuscht, aber du bist nicht die Einzige, die sich selbst nicht traut.»

Das Mädchen versteht nicht. Der Engel wirft einen kurzen Kontrollblick nach dem Auto, spricht dann ganz schnell:

«Auch Gisela hat ihrer Ahnung nicht getraut. Dass Eges Hunger nach Körperbildern keine Altersgrenze kennt. Und musste dann vergessen, dass sie seinen Sohn zu lange mit ihm allein gelassen hat, nicht nur dich. Obwohl sie die Bilder davon auf Eges Kassetten gefunden hat. Der Sohn von Berlin als Putte, ein weiteres Objekt der Begierde, ein lasziöses, frisches Früchtchen, nach dem Eges stetig wachsender und alternder Bilderkörper, sein Lebenswerk, sich verzehrte. Giselas gelber Bademantel, eine Geschenkverpackung auf eurer Haut. Ein Geschenk an Ege. Und der liebe, kleine Botenjunge, du weißt. Godot kommt nicht, aber Ege wird schnell langweilig beim Warten. Belustigung, Belästigung. Der Griff in die Hose. Und Godot kommt nicht. Niemand kommt. Und Gisela kam immer erst dazu, wenn schon alles vorbei war. Wenn die Speichermedien bereits veraltet und nicht mehr abspielbar sind. Aber nun bin ich hier, stehen geblieben in der Zeit, und habe Zeit, mich um die Bilder zu kümmern.»

Der Engel reiht die Zusammenhänge im Mädchen auf wie Perlen auf einer Schnur.

«Verstehst du? Ich bin dein Racheengel. Ich bin auch der Racheengel des Sohns. Um dein Schutzengel zu sein, war ich zu spät, aber seither bin ich da. Und jetzt geh heim, Unke. Ich muss hoch zu Ege. Und du darfst nicht mehr herkommen, verstehst du? Ich warne dich. Ich schaffe das allein. Zack, zack. Übe du jetzt besser den Trick. Konzentrier dich darauf, eine junge Frau zu sein. Schau dich an, du bist schon fast da. Du weißt: zack. Tempi passati! Ich erledige den Rest.»

Der Engel zwinkert, dreht sich um und steigt die Treppen hoch zu Eges Hintereingang. Gisela wirft die Autotür zu, hastet grußlos hoch in ihre Wohnung und schimpft leise zu sich selbst. Die Lindorkugeln, irgendwo liegen gelassen. Dabei wollte sie sie doch noch schön einpacken, als Geschenk.

Das Mädchen schickt den beiden ihre Gedanken nach. *Danke, durfte ich mitfahren. Gisela, ich erinnere mich jetzt, der Klee war süß. Das war damals mit dem Sohn. Ich weiß es jetzt wieder.*

DIGITALISIERUNG

Die Sonne knallt gegen die Südseite des Hauses, gegen die geschlossenen Jalousien. Das Mädchen steht oberhalb des kleinen Pfads an der Böschung, den Daumen zwischen den Lippen, reißt und beißt sich Häutchen vom Nagelbett. Hilft sie sich oder frisst sie sich? Sie weiß es nicht. Aber sie will den Engel jetzt nicht im Stich lassen. Was, wenn sein Plan nicht aufgeht? Es gibt doch keine Rache. Es gibt doch keine Engel. Sie muss sich vergewissern, ein letztes Mal. Gibt sich einen Ruck. Nähert sich über die Böschung dem Hintereingang und schlüpft durch die Tür. Ein Geruch nach kaltem Rauch, eingetrocknetem Katzenfutter und vergorenen Oliven liegt in der Luft. Der Kater kommt faul und dickbauchig aus dem Wohnzimmer geschlendert. Noch immer hier?, fragt sein Blick, gleichgültig.

«Selbst noch immer hier, Wiedergänger!», zischt das Mädchen und streift sich die Turnschuhe von den Füßen, ohne sie aufzuschnüren. Ein kurzer Kontrollblick auf die Schuhe, nur ein paar Schuhe – ihre. Fast so groß wie die von Eges Sohn damals. Dasselbe Bild. Sie ist schon fast da, hat der Engel gesagt.

Alles ist still. Das Mädchen spürt, dass Ege da ist. Hält die Luft an, tappt zur Küche. Verstreute Brekkies überall. Der Kater ist ihr auf den Fersen, aufdringlich und zutraulich, immer noch hier. Sie schleichen alle hintereinander her, lösen einander ab. Erst spielt der Sohn in Eges Filmen, dann sie selbst. Beim Verrat bleibt einer stehen. Irgendetwas muss hängen geblieben sein.

In der Küche kommt sie an einem Teller angegessener Antipasti vorbei, daneben umschweben Fruchtfliegen lautlos den Hals einer leeren Rotweinflasche. Vorsichtig biegt das Mädchen um die Ecke ins abgedunkelte Arbeitszimmer. Der Computerbildschirm verbreitet fahles Licht, draußen lässt jemand einen Heuwender an. Von Ege keine Spur.

«Habe ich nicht gesagt, du sollst wegbleiben?»

Das Herz tut einen wuchtigen Ruck, fast reißt es das Mädchen um. Auf dem Computerbildschirm flimmert das Bild des Engels, das Mädchen erkennt ihn sofort. Er ist diesmal nicht das Gottwesen mit Zweizack, sondern die nackte Schönheit im Bademantel, der rote Kussmund, Giselas Lippenstift.

«Unke, wirklich. Was hast du hier verloren? Willst du etwa in die Unterwelt? Ich sagte doch, lass mich machen.»

Wie angewurzelt steht das Mädchen vor dem Computer. Durch die Fensterläden strömt warme Luft hinein. Ein inneres Bild wird wach und beginnt zu rufen. Die Unke.

Schlägt sie Alarm? Nein, zu spät. Das Mädchen kann nicht mehr laut mit einem Bild sprechen. Sie weiß, als junge Frau wird ihr das nicht helfen. Aber sie möchte dem Engel Hilfe anbieten bei seinem Plan.

«Was hast du vor? Hast du das zu Ende gedacht?», wispert sie.

Der Engel malt mit dem Lippenstift rote Linien auf seinen Oberschenkel. Zieht verschwörerisch die Augenbrauen hoch. «Ich digitalisiere.»

Das Mädchen spürt Eges Anwesenheit im Nacken, aber sie kann den Blick nicht von dem nackten Engel abwenden.

«Hör endlich auf, mich anzustarren! Ich muss das machen», flüstert der Engel. «Ege hat Wein getrunken, wir haben uns unterhalten. Ich habe ihm gesagt, das Lebenswerk, das Lebenswerk. Die Zeit vergeht, deine Medien, die Videobänder, sie werden zerfallen und verloren gehen. Das Lebenswerk, die Bilder, zerbröselt für die Nachwelt. Das hat ihn überzeugt.»

Das Mädchen versucht, sich zu erinnern. Dieser allererste Engel. Auf dem Fernseher. Auf einer VHS-Kassette, nicht auf dem Computer. Der Engel auf dem Bildschirm nickt heftig.

«Eben Unke, eben. Das war ein anderes Medium. Diese Magnetbänder, sie leben nicht ewig. Sie verlieren ihre Geschichten. Aber nicht, wenn man sie rechtzeitig digitalisiert. Ege war einverstanden, hat das eingesehen. Das Lebenswerk. Die Bilder müssen umziehen für die Ewigkeit. Medien, Medien.»

«Aber ... zieht mein Film auch um? In die Ewigkeit?», flüstert das Mädchen.

«Selbstverständlich Unke. Dein Film, der Film vom Sohn, alles, komm», der Engel macht eine einladende Kopfbewegung, «schau dir das an. Jetzt kann man in den Filmen vor-

und zurückspringen, ganz ohne zu spulen. Aber leise. Ege schläft nebenan seinen Rausch aus.»

Das Mädchen lässt ihre Hand über der Computer-Maus schweben. Vor lauter Anstrengung, leise zu sein, zittert der ganze Körper. Nur einmal kurz die Handfläche auf die Maus legen. Eine letzte Berührung vor der Digitalisierung. Behutsam senkt sie die Hand auf die Maus, den Blick in die Augen des Engelbildes versenkt. Sie bewegt die Maus ein klein wenig, klickt mit dem Mauszeiger auf der Linie der Zeit an eine frühere Stelle. Dort, an der früheren Stelle, sitzt sie selbst, von früher. Vermutlich vor dem Fernseher, ein kaltes, flackerndes Licht auf dem entrückten Kindergesicht. Eges Stimme spricht von außerhalb des Bildes. Sie sagt: «Weißt du, wo es am meisten kitzelt? Zwischen den großen Zehen. Dort sind alle kitzlig. Auch ich, auch du.» Seine braungebrannte Hand schiebt sich über die Matratze auf das geblendete Kind zu und findet am Oberschenkel den Eingang zur Unterhose. Der Geruch von Eges Wohnung verdichtet sich um das Mädchen, das sich selbst auf dem Bildschirm zuschaut. Der Geruch wird zudringlich, umschließt ihre Arme und Beine, dringt ein durch die Haut, umfasst und betastet die Organe, wird innen fester und spitzer, und schließlich, mit einem gezielten Stich in den trüben Teich der Erinnerung – zack –, erbeutet er die Unke. Hier ist sie. So ist sie. Deshalb. Die Unterhose macht keinen Alarm. Die Unke verstummt und ruft nicht mehr. Es ist alles schon vorbei.

Plötzlich ist im Schlafzimmer ein Rumpeln zu hören, und Ege kommt hereingestürmt. Instinktiv klickt das Mädchen alles Sichtbare auf dem Computerbildschirm weg und rückt von dem Gerät ab. Schreckensbleich stolpert Ege ins Arbeitszimmer, sein Haarkranz steht ihm vom Schädel, und er schreit, sie solle sofort verschwinden, hier so herumzuschnüffeln, das gehe zu weit. Dann fällt sein Blick auf den Bildschirm.

«Hast du etwa?», ruft er erbost und greift nach der Maus. Entgeistert starrt er zuerst das Mädchen, dann den Bildschirm an, als würde er sich vorstellen, was dort eben noch anstelle der Ordner auf blauem Hintergrund zu sehen gewesen war. «Raus!», tobt er, und endlich kann sich das Mädchen aus der Lähmung befreien, ergreift die Flucht. Ege reißt die Maus vom Computer und schleudert sie ihr nach. Das Mädchen stürmt aus dem Hintereingang und rennt über die frisch gemähte Böschung hoch, Grasstoppeln stechen durch die Socken. Ege schimpft ihr nach, sie solle künftig die Finger von seiner Intimsphäre lassen. Und gefälligst ihre potthässlichen Turnschuhe mitnehmen.

ENTFERNUNG

Das Fußteil der hellblauen Sofagarnitur bis an den vordersten Teppichrand gerückt, schaut das Mädchen «Verbotene Liebe». In der Wohnwand neben dem Fernseher stehen drei Reihen tief Fotos von Söhnen, Enkelkindern und Schwiegertöchtern.

Sie hätten allen Grund, zufrieden zu sein, sagt die Nachbarin. Wirklich allen Grund. Hypnotisiert vom Betrug und den Intrigen der Sendung, lässt das Mädchen die Finger über das Velours und entlang der Nähte des Fußteils gleiten. Seit ihrem letzten Besuch bei Ege hat sie den Engel nie wieder gesehen. Er ist weg. Die Unke erbeutet. Der Zusammenhang ist kurzgeschlossen und klar. Klar war auch: Der Fernsehplatz musste gewechselt werden. Sie hat sich für die Nachbarn mit den blauen Dekokugeln entschieden.

Diese Nachbarn sagen nichts, wollen nichts. Deren Söhne sind eindeutig schon erwachsen, entwachsen, ihre Aufzucht und ihr Fortbestehen in Bildform dokumentiert in der Wohnwand hinter Glas.

Sie könnten sich nicht beklagen, sagt die Nachbarin. Im Fernseher erstarrt das bleiche Gesicht einer Frau, die beim Betreten des Schlafzimmers einer Wahrheit begegnet. Die Wahrheit wird nicht gezeigt, dafür der Abspann.

Die Nachbarin macht «hei-ei-ei», löst sich von der Sofagarnitur und tischt das kalte Abendbrot auf. Das Mädchen dürfe gern weiterschauen oder mitessen oder heimtelefonieren. Heute kämen auch die Söhne, wegen des Herbstlaufs. Zum Höhentraining.

Blinzelnd steht das Mädchen auf und tappt hinüber zum Esstisch, hinter ihr beginnt das nächste Unheil im Fernsehen. Gute Zeiten, schlechte Zeiten.

Könne sie leiser machen, aber laufen lassen, meint die Nachbarin, und mal runter zur Garage, dem Papi Bescheid geben wegen des Abendessens.

Auf der Treppe durch den Steingarten zur Garage begegnet das Mädchen den Söhnen, der erste erkennt in ihr das Kind von nebenan nicht wieder und stellt sich galant vor. Der zweite, der dem ersten hinterher gehastet kommt, packt ihre Hand, schüttelt und schüttelt, bis er sich endlich erinnern kann, wer sie ist.

«Ihr seid die sportlichen Söhne», sagt das Mädchen.

«Allerdings», lachen die beiden und schubsen einander sportlich motiviert die Treppe hoch.

Vor dem Garagentor sitzt der Papi auf einem Hackstock in der Abendsonne und wackelt. Ob er mit hoch wolle? Zum Fernseher? Zu den guten und den schlechten Zeiten?

Der Papi zeigt mit einem krummen Zeigefinger auf das Haus unterhalb der Böschung. Nicht hoch, runter wolle er.

Da ins Haus. Da habe er zu guten und zu schlechten Zeiten gelebt, dort unten im schönen Haus mit den vielen Zimmern.

«Dort wohnen aber Ege und Gisela», entgegnet das Mädchen.

«Ja ... die ...», sagt der Papi. «Und in unserem neuen Haus ist alles offen und beisammen. Der Fernseher steht im selben Raum wie der Esstisch, von dem aus man die Wohnküche im Blick hat. Ein Privatleben hinter der Fensterfront wie im Aquarium.» Das sei ihm ungeheuer. Er habe es lieber, wenn es richtige Zimmer gäbe für alles.

Das Mädchen blickt runter auf die Rückseite von Eges und Giselas Haus. Windfang, Laube, Klavierzimmer, Arbeitszimmer, Bücherzimmer, Schlafzimmer. Hinter jeder Zimmertür, in jeder Ecke eine dunkle Stelle, eine Einladung an ungebetene Gäste. Der Sohn, der Kater, der Racheengel, sie selbst. Schleichen von Zimmer zu Zimmer, hintereinander her, auf der Suche nacheinander. Zum Leben erweckt, angelockt vom Geruch nach Kopfhaut und Bettwäsche, hungrig nach Bildern. Und auch der Fernseher regt sich, kommt aus dem Arbeitszimmer in Eges Schlafzimmer herübergerollt. Ein Klotz, der das Fußende des Betts versperrt, der auf die von ihm Geblendeten zukriecht, unmerklich immer näher kommt. Gisela, die im oberen Stock seufzend die Arztrechnungen mit einem großen Stein beschwert. Altpapier, das beim nächsten Luftzug weggeweht würde. Der Engel, nun hoffentlich erlöst.

«Hätte es jenen nie verkaufen dürfen», ächzt der Papi und erhebt sich in Zeitlupe vom Hackstock. Aber die Söhne, die würden sowieso lieber in der Natur herumrennen, als sich vor ihrer Gewalt zu verstecken auf der Ofenbank. So sei es eben. Sie bräuchten keine Zimmer mehr, die Söhne. Irgendwie müsse man die Söhne ja auch voranbringen.

Und mit dem Geld vom Hausverkauf habe er sie vorangebracht. Der Lauf der Dinge, alles habe einen Preis.

Auf der Terrasse haben die Söhne eine kleine Auseinandersetzung wegen des Herbstlaufs. Wer sich vor wem und überhaupt sowieso generell zuerst angemeldet habe und wer in einer Kategorie über dem anderen starten werde. Das Mädchen hört ihren aufgeregten Stimmen zu und verfolgt den wackligen Gang des Papis durch die blauen Kugeln im Steingarten. Die Söhne werden noch viel rennen, bis feststeht, wer der Sportlichere ist. Dieser hat dann wirklich genügend Grund, glücklich zu sein.

ABSCHIED

Das Mädchen nähert sich dem Klavier der Großmutter. Es ist ein dunkles Schloss voller Kinderangst, an dem kleine Tanten und Onkel etwas vollbringen mussten. Das Mädchen muss nicht, es will. Für Ege wird es nicht mehr spielen. Entschlossen besteigt es die Waagschale des Hockers und knipst das Notenlicht an. Der schwache, orangene Schein der alten Glühbirne eröffnet die Bühne, die Finger betreten die Tasten. Auf den schwarzen, schmalen lässt sich nicht viel falsch machen. Falsch wäre: Dissonant. Und kitschig wäre: Dreiklänge in Dur. Lange bleiben die Zeigefinger auf dem Oberen des Zweierpaars, streicheln die Schwere, zwei Oktaven auseinander, immer wieder antippen und abfedern, das Pedal bleibt gedrückt. Die Klänge lösen sich von den dunklen Tasten und angstvollen Erinnerungen, gesellen sich zu den Schatten der Abenddämmerung und rollen über die flach daliegende Großmutter hinweg ins ewige Düster des Weltalls.

«Diese Musik ist mir zu modern. Und zu trist», reklamiert die Großmutter heiser. Sie will nicht ins Weltall fort-gerissen werden.

Das Mädchen stößt sich mit den Zehen an den Pedalen ab, dreht sich samt der hölzernen Waagschale um. Laut knarzt der Hocker.

«Was willst du denn?»

Die Großmutter möchte am liebsten «S Ramseyers wei go graase.» Man habe sie nackt in der Dusche sitzen gelassen. Eine Viertelstunde lang. Es gäbe Leute hier, die hätten ein böses Auge auf sie geworfen, Leute mit Macht.

«Wer denn? Wo denn?»

Die Großmutter weiß nicht mehr. Haucht ins Leere und deutet in eine schattige Ecke.

Das Mädchen dreht sich wieder zurück zum Tasten-parkett. Hilflos, wenn selbst das Weltall nichts bewirkt. Das Mädchen weiß, wie schwierig es für die Leute rundherum ist, wenn sie nicht dieselben Bilder sehen. Die Großmutter mit ihrer Ecke, aus der mal Bedrohung, mal Verlockung singt. Das Mädchen drückt auf das Klavierpedal, die Welt-allschatulle macht den Mund auf, und heraus weht Ewig-keit. Die Dämmerung sinkt tiefer ins Zimmer. Geräuschlos lässt das Mädchen die Fingerkuppen über die Rillen zwi-schen den weißen Tasten gleiten. Atem im Takt der Ril-len, Atem der Großmutter, die Großmutter setzt zu einem Wort an, bricht wieder ab. Draußen eine Amsel, dann keine Amsel mehr.

«Was hat dich bloß ... dazu inspiriert?» Mühsam fädelt die Großmutter die Worte auf, knüpft wieder an. Der schwei-gende, runde Mädchenrücken. Kränkung wäre ihr nicht recht, nicht das Mädchen. «Ich kann es mir wirklich nicht vorstellen.»

«Die dunklen Töne der Klaviertasten gehören immer in mehr als eine Welt. Sie ändern ihre Namen und spielen plötzlich eine andere Rolle, in einer anderen Umgebung, wie ausgetauscht. Sie sind frei.»

«Aber Kind.» Die Großmutter will dem Mädchen sagen, dass das alle Töne können. Dass die mit den wechselnden Bezeichnungen nicht freier sind als die daneben. Dass sie zusätzlich ausgesetzt sind, der Interpretation preisgegeben. «Wer hat dir das gesagt?»

Das Mädchen zuckt mit den Schultern. «Mutter sagt, dissonant ist falsch, und Ege sagte immer, Dur ist Kitsch, der Vater sagt nichts – das ist übrig.»

Warum macht das Mädchen nichts Eigenes? Jetzt will die Großmutter sich zur Seite drehen, sie fragen, doch es geht nicht. Da ist das besorgte Mädchengesicht schon über ihr, sagt: «Nicht, Oma.»

«Du nicht! Du sollst nicht das tun, was übrig bleibt. Sonst wird von DIR nichts übrig bleiben», ächzt die Großmutter und reißt die Augen auf. Jetzt hellwach, klar. Sie sieht die Linie. Von sich zur Tochter zur Enkelin, sie krümmt sich, lenkt ein auf das Übriggebliebene – es droht ein Kreis. Immer begnügt mit dem, was vom dahingesagten Urteil anderer abfällt. Sie packt die Hand des Mädchens. Hör nicht darauf, will sie sagen, nicht auf mich, nicht auf niemanden, nur auf den Klang. Die Hand drückt und drückt, aber die Stimme versagt. Morsen, dem Mädchen das Wichtigste übermitteln. Es darf die Verbindung zum Weltall nicht verlieren. Die Großmutter schließt die Augen. Nur kurz ausruhen, um die Stimme wiederzufinden. Im Zimmer wird es dunkel.

Das Mädchen blickt an sich hinunter. Auf ihre Finger, die knochigen Finger der Großmutter. Denkt an den Trick, zack, das Vorgreifen auf Zukunft. Denkt an den Preis.

«Wir werden uns nicht mehr sehen», sagen die Finger des Mädchens zur Großmutterhand.

Die Großmutterhand zuckt im Schlaf. Sagt: «Besser so. Irgendwohin muss all die Freiheit schließlich führen.»

Die Hand des Mädchens, beklommen, fragt die Standardfrage. «Wirst du denn nicht sehr allein sein?»

Die Großmutterfinger schweigen. Sie öffnet die Augen. Der Blick mäandert durch die Dämmerung, fließt über das Klavier, die Kommode, sammelt sich am Bilderrahmen mit den Nachkommen, lässt sich noch einmal aufhalten. Keines dieser Kinder hatte sie weniger einsam gemacht. Mit warmen Lappen und Kamillentee hatte sie ihnen den Schleim aus den Augen gewischt, als Dank verweigerten sie sich. Und jedes Einzelne kam irgendwann wieder heim, mit Anschuldigungen. Diese Anklage der Kinder ist monströs. Die alte Großmutterhand lässt los. Jede Fingerkuppe übergibt der Hand des Mädchens einen Wunsch.

Heute ist alles anders.

Heute sind alle frei.

Frei, sich zu lieben.

Frei, sich selbst eine Antwort zu geben.

Irgendeine.

Eine Träne fällt auf den zurückweichenden Handrücken der Großmutter. Die Enkelin möchte sich erklären, alles richtigstellen. Doch die Großmutter verschließt die Augen und murmelt leise: «Auch du wirst dir eine Antwort gegeben haben, nicht wahr? Brauche ich aber nicht mehr zu wissen. Besser so.»

DIE
JUNGE FRAU

VERLUST

Seit das Nachbarsmädchen nicht mehr kommt, sucht Ege
mit tauben Fingern nach den Schlaftabletten, sucht manchmal so lange, dass er darüber einschläft. Wenn er die hellblauen Tabletten nicht findet und auch nicht schlafen kann,
drücken die Finger auf grelle Knöpfe im Internet. Bahnen
von Bildern und Worten fahren aus den Untiefen einer so-
zialen Plattform herauf. Ege will gar nicht auf diesen Bahnen mitfahren, aber sein Finger klickt und scrollt immer
weiter. Will der Finger Teil der Gesellschaft werden? Like.
Yes. Kommentar. Schmerz. Der Kirchturm bimmelt, halb
drei Uhr nachts. Irgendwo in der Gesellschaft ist sein Sohn.
Irgendwo ist auch das Nachbarskind, das Mädchen. Die
junge Frau? Wie viele Jahre sind vergangen?

Alles ist verschaltet, abertausende Körper produzieren
sich im formlosen Bilderreigen. So oft er auch Ja klickt und
bestätigt, Ege ahnt es. Weder er noch sein Finger waren je
gesellschaftstauglich gewesen. Er wird hier niemals finden, was er sucht, doch er kann nicht davon lassen. Auf dem
Bildschirm kratzen mehrere Jahrgänge Dorfjugend an seinen Augen vorbei, in Trachten-Push-up-BHs, beim Wett-
kotzen, drapiert auf einem flauschigen Lammfell, in Polen
beim Jugendclubausflug, speckig glänzend am Bar-Pub-
Festival, beim Firmenabend, beim Abschluss, beim Beruf,
beim ersten, zweiten, dritten Kind ... Der Mond schiebt
sich allmählich hinter der Tanne vor dem Fenster hervor.
Ein Plätschern durchbricht die Stille, Ege gießt sich Wein
nach, klickt und trinkt. Die Hoffnung, in der digitalen Utopie mit seinen ästhetisch hochwertigen Bildern mitwirken
zu können, hat er schnell fahren lassen. Stattdessen durch-
stöbert er in unruhigen Nächten das stetig erweiterte Kabi-

nett der Bestien. Geschmacklose Posen und achtlos an der Kamera vorbeigeworfene Blicke höhnen aus dem Bildschirm. Ege leert sein Glas in einem Zug und bringt einen Toast aus. Auf das Groteske.

«Keine Absicht hier, alles dumm wie Tier, still' ich meine Gier, bin ich dumm wie ihr.»

Sein Gesicht juckt. Vom vielen Starren hat er einen steifen Hals. Er schüttelt die Starre ab und klickt eine Werbung weg, die auf dem Bildschirm herumhuscht. Schwanz rein, Schwanz raus, willst du ficken, hier in der Nähe, gleich um die Ecke, heiße verheiratete Frauen machen es gratis. Weg, weg, der Finger will noch mehr Weltreisetagebuch, die Hochzeitsfotos vom Luchsinger-Tschudi Junior, Tschudi Köbis Schwester und deren ultimativ sportliche Cousine aus den USA, Hand-, Volley- und Federballverein, Merry X-Mas. Irgendwo hier müssten sie doch sein. Der Sohn aus Berlin, sein Lieblingsmädchen. Sie sind entwachsen und unzugänglich geworden. Das Plastiktischtuch klebt an Eges Unterarmen. Ist er sich selbst auf den Leim gegangen?

Nein, nein, klickt der Finger die Bedenken weg, hier ist doch die ganze ferne Welt, hier im Bildschirm. Der Finger ist auf großer Suche. Weiter saust und streichelt er, immer weiter, hoch und runter. Ruckartig fährt er sich mit der freien Hand ins Gesicht. Es juckt unsäglich zwischen Nase und Oberlippe. In zehn Tagen Penis vergrößern. In drei Frauen gleichzeitig. In fünf Sekunden reich, bitte warten. Ege niest, kratzt, schnieft, scrollt. Kommentarleisten. Daumen und Herzen verschwimmen, der Finger bohrt und pult in der zähen Soße, wow, soooo hübsch, amazing, gratuliere, schnaubend wühlt Ege weiter, er kann nicht richtig erkennen, dort ein Nadelbaum in einem Wohnzimmer, kann nicht scharf sehen. Was ist das dort, ein Kranz aus Blättern,

Kerzenschein, leuchtende Knopfaugen? Happy Stopfgans und Geschenkpapier, im Kopf pumpt ein Überdruck.

Etwas hat sich zwischen Ege und den Bildschirm geschoben, zwei Stoßzähne versperren ihm die Sicht auf die frohe Festgesellschaft beim Baum. Energisch stößt er mit der Stirn in Richtung Bildschirm. Er will wieder zu den Highlights des Jahres, zum Jubiläum der Freundschaft, dem Reigen der Bestien. Doch der Bildschirm donnert vom Tisch, reißt ihm die Maus aus der Hand.

Eges frei gewordener Finger tastet nach dem Steißbein. Ein ledriges Schwänzchen peitscht die Luft. Entsetzt fährt er zwischen Nase und Mund, dort hat sich das Fleisch geöffnet, zwei Stoßzähne ragen aus dem Schädel. Panisch schwenkt Ege den Kopf herum, fegt leere Weingläser und den Aschenbecher herunter. Wie kann er denn als Schwein zum frohen Fest?

Kein Fest, kein Geschenk. Eine Pflanze!, jetzt fällt es ihm ein. Einen kleinen grünen Freund wollten er und Gisela dem Nachbarskind schenken. Als Dank für die Rolle, die es im Film gespielt hat. Sie haben ihr Versprechen nicht gehalten. Das Kind, es wartet sicher bis heute. Nicht auf Godot, nicht auf die Bilder von sich selbst. Nur auf das Gegengeschenk! Für das Geschenk, das es ihm gewesen war.

Verzweifelt tastet Ege unter dem Schreibtisch nach der Maus, aber die Finger sind verschwunden, Hufe klackern über den Laminatboden. Der Mond hat die Tanne hinter sich gelassen und beleuchtet das ramponierte Arbeitszimmer. Angestrengt überlegt Ege, was den Zauber ausgelöst haben könnte. Sein ungehaltenes Versprechen? Ein unerfüllter Wunsch? Heiß fällt es ihm ein. Kurz nach der Einschulung hatte das Kind einen Wunsch geäußert. Stoßzähne wollte es haben, zu Weihnachten. Es hoffte, damit in der Schule Ordnung zu schaffen. Die Großmäuler aufgabeln und wegschleudern, Ege sieht die ungestümen Gesten dazu noch genau vor sich. Aber das luftig leichte Christkind, zart wie ein Streichkäse, hatte das wohl nicht bewerkstelligen können? War es nicht so? Das Schwein wendet sich dem Mond zu, bittet um Zustimmung. Der wiegt verständnisvoll sein Antlitz. Ja allerdings, viel zu beschwerlich, die mächtigen Stoßzähne durch die verschneite Winternacht zu schleppen. Kein Geschenk unter dem Weihnachtsbaum.

Desorientiert trippelt das Schwein im Kreis. Was ist denn geschehen, ist denn heute Weihnachten? Hart kracht es in eine Kommode. Kassetten und Kabel kommen ins Rutschen, klappern zu Boden. Das Schwein weint. Hier ist es zu eng, überall stehen Sachen und alles geht kaputt. Die Wünsche, das Versprechen, das Geschenk. Wo geht es zur Gesellschaft, wo geht es zu den Pflanzen? Das Schwein sucht einen Anhaltspunkt. Dort ist Helligkeit. Der Mond ist rund und schwebt in einem Viereck aus Luft. Es muss zur Luft. Alles gedeiht an der Luft. Kinder, Pflanzen, das Geschenk. Schnell. Es will auf das Fenster losstürmen, doch die Hufe verheddern sich in den Teppichfransen, das Schwein spult wie wild an Ort und Stelle. Es kann nichts mehr einholen und nichts mehr einhalten. Es kann nicht mehr. Mit letzter Kraft kriecht es unter den Schreibtisch und kollabiert in eine Pfütze verschütteten Weins.

ABSPRUNG

Die Tochter schmeißt ein paar beliebige Sachen aus ihrem Zimmer in einen Karton, stopft hastig den Inhalt der Sockenschublade in den Rucksack und ist bereit. Baff stehen die Eltern im Türrahmen. Was soll man da tun? Die

Tochter hat doch überhaupt keine Erfahrung mit der Stadt. Wie denn und warum? Und was?

Es werde schon etwas sein, meint die Tochter über die Schulter. Sie sei jetzt eine junge Frau.

Der Vater will die Tochter unterstützen und trägt den Karton runter in die Garage. Die Mutter will weinen, aber alles kommt so unverhofft, dass ihr die Tränen wegbleiben. Die Tochter will die Sache möglichst schnell hinter sich bringen und rafft noch etwas Besteck zusammen. Sie will keinen Schmerz. Eine kleine Bratpfanne will sie, ein Messer, eine Gabel und einen Löffel.

Der Vater fährt die Tochter mit dem Wohnmobil in die Stadt. Der schlecht gepackte Karton schwankt verloren auf den weichen Polstern des Gefährts, die Tochter wehrt die stille Wehmut des Vaters durch Schweigen ab. In das Unsagbare hinein hupen die schnittigen, schwarzen und blauen VW Golfs, die hinter dem Wohnmobil eine ungeduldige Prozession bilden.

Die Mutter hüpft im Wohnzimmer auf dem Minitrampolin und hört ihre Lieblingskassette. Vor dem Fenster veranstaltet die Landschaft einen wilden Tanz. Die Berge hoppeln auf und nieder, das vorstehende Flachdach der Nachbarn schrammt in regelmäßigem Intervall durch die rechte Bildhälfte, schnellt empor, der Steingarten mit den blauen Dekokugeln kommt hochgeschossen, fällt wieder weg. Die Mutter wogt im Takt auf und ab, die Organe im Bauch folgen träge. Die Mutter zieht, ihr Inneres schiebt, die Mutter schiebt, ihr Inneres zieht. Nun endlich kommen die Tränen.

Als Kind hatte die Tochter diese Ertüchtigungen besorgt überwacht, da dem kleinen Trampolin seit jeher ein Bein fehlte, das die Mutter mit einem leeren Plastikeimer ersetzt hatte. Die kleine Lücke zwischen dem Eimerchen und dem Rand des Trampolins beunruhigte das Kind. Die Füße der Mutter traten in den Elast des Trampolins, Supertramp sang von der Kassette, die Mutter sang schnaufend mit, das Kind lag bäuchlings auf dem Teppich und beobachtete die Vorgänge unter dem Trampolin. Wenn ein Tritt der Mutter nicht exakt mittig auf das Trampolin niederging, kippte es dem Eimerchen etwas entgegen, und das Kind, das die Lücke nicht aus den Augen ließ, zuckte zusammen.

Die Mutter lächelt unter den Tränen. Die Katastrophe mit der Lücke. Nach dem Saxofonsolo singt sie laut mit:

«Does it feel that your life's become
a catastrophe?
Oh, it has to be!
For you to grow!»

Nun ist dieses Kind also herangewachsen und zieht als junge Frau davon. Die hüpfende und weinende Mutter versucht, über den Horizont hinauszusehen. Sie springt, sieht nichts. Nur die blauen Dekokugeln der Nachbarn blitzen auf, verschwinden wieder. Die Tochter zieht im Wohnmobil von dannen.

Die Mutter wogt durch die Jahrzehnte auf und ab. Die Zeit ist vorangeschritten, noch immer fahren Wohnmobile und transportieren Töchter durch die Welt der Männer. Kein halbwegs überwundener Schmerz ist imstande, diese Bewegung umzulenken. Das Zeitalter des Wassermanns hat blaue Dekokugeln und spießige Steingärten gebracht, gelungene und missratene Lebensläufe, aber noch immer keine Transzendenz, keine Horizonterweiterung.

Die Mutter kriegt einen Schluckauf. Jetzt ist sie komplett aus dem Takt. Was erwartet die Tochter hinter dem Horizont? Und was wird dort von ihr erwartet?

Der Schluckauf schneidet der Mutter den Atem ab. Verzweifelt versucht sie, den Rhythmus wiederzufinden. Die materielle Welt inklusive Steingarten und Zwerchfell springt mühelos und wie irr auf und ab, hin und her, aber die Seele der Mutter klebt wie ein Klotz am Boden. Erschöpft hört sie auf zu springen, nur der Schluckauf zwickt weiter. Die Mutter steigt auf der falschen Seite vom Trampolin, das Eimerchen kippt um, beinahe verliert sie das Gleichgewicht, erwischt gerade noch die Tischkante. Vor Wut zitternd hält sie sich mit beiden Händen daran fest. Die blauen Kugeln der Nachbarn, gutgläubige Augen. Sie hat Lust, alles mit einem Ruck umzuwerfen.

Die Mutter weiß plötzlich, was zu tun ist. Sie lässt von der Tischkante, wischt sich die Tränen von den Wangen. Entschlossen geht sie zur Stereoanlage. Die Fußgelenke stechen, doch die Mutter lässt sich nicht beirren. Sie nimmt die Kassette aus dem Kassettenfach, sie hat genug gehört. Genug Supertramp, genug Minitramp.

Immer noch vom Schluckauf verfolgt, steigt die Mutter über den Cotoneaster in den Steingarten der Nachbarn. Die sperrigen Zweige piksen an den Schenkeln. Ziergehölz, hört sie den Vater sagen, kein schlechter Bodendecker, fixiert das abfallende Gelände.

Aber der Abhang fordert einen Tribut. Jetzt. Die Mutter balanciert über die flachen, runden Steine auf die blauen Dekokugeln zu. Der Abhang will anerkannt sein, Steingarten, Ziergehölz hin oder her. Die Nachbarn haben die blauen Kugeln ihrer Bestimmung vorenthalten. Die Kugeln wollen rollen und zerschellen. Zärtlich streichelt die Mutter über ihre glatte Oberfläche, lange haben sie auf ihr Leben warten müssen. Es ist Zeit, sie zu befreien.

Müde von der Betriebsamkeit der Stadt, müde von der Stille, in der er und die Tochter die ganze Fahrt lang ausgeharrt hatten, lenkt der Vater das Wohnmobil Kurve um Kurve den Berg hinauf. Er hatte das sperrige Mädchen bei den Briefkästen an seine Faserpelzbrust gedrückt und keine geeigneten Abschiedsworte gefunden, stattdessen einen kleinen Hüpfer gemacht, eher ein Anheben des ganzen Körpers auf die Zehenspitzen, das sollte einen fröhlichen Eindruck machen, aber schon im Auftakt der Bewegung merkte er, dass es nicht wirkte.

Laut klagend kriecht das Wohnmobil die steile Straße hoch. Nach der Galerie im Steilhang fährt der Vater auf einen Ausweichplatz, um einige drängelnde Golfs und Subarus vorbeizulassen. Auf dem Ausweichplatz stehen mit Aufklebern versehene Kleinbusse, Klettern is better, Piz Gloria Extrem, No Risk No Fun und Känguruzone. Der Vater steigt aus, streckt sich, legt den Kopf in den Nacken, Buchenblätter fächeln. Oberhalb der Galerie hängen bunte Sportmenschen in der Steilwand. Weit unter dem Ausweichplatz glänzen das Seebecken, das Delta, der begradigte Fluss. Ein gemustertes Beutelchen mit Magnesium pendelt am Gurt einer Frau, die vom Dach der Galerie aus ihre Partnerin in der Wand sichert, kleine Fliegen schweben im Abendlicht, das schräg in die feuchten Augen des Vaters einfällt.

Der Vater guckt und guckt, als hätte er noch nie wirklich hingeschaut. Zum Gucken muss man nichts sagen. Zu den Sportlerinnen auf der Galerie muss er nichts sagen. Zu der Tochter hätte er etwas sagen wollen. Aber was?

Klickgeräusche und kurze Zurufe, kleine Rückkopplungen des Vertrauens zwischen der kletternden und der sichernden Person. So etwas hätte der Vater sich gewünscht. Etwas kurzes, Wirksames, etwas Wiederholbares, wenn schon keine Worte, so wenigstens einen Verständigungslaut, irgendein Zeichen. Der Vater lauscht auf die Laute der Kletternden, ein Ho, ein He, zwischendurch das Prasseln losgetretener Steinchen auf das Betondach der Galerie. Die Wal- und Delfinmusik, die die Tochter in ihrer Pottwalphase immer gehört hatte. Zu Hause will er die CD suchen.

Von der Frau auf der Galerie kommt plötzlich ein erstaunter Laut, ihre bisher selbstbewussten Menschenbeine machen ein paar instinktiv verschreckte Tierschritte auf die Wand zu. Aus den Büschen an der Abbruchkante schießen in kurzem Abstand fünf blaue Kugeln, etwas größer als Medizinbälle. Der Frau auf der Galerie steht der Mund offen. Vom Rückenmark des Vaters kommen Befehle: Reagieren, schnell, reagieren, machen, rufen.

Doch der Vater kann das vor ihm schwebende Bild nicht einordnen, kommt zu keinem Schluss, womit hat er es hier zu tun? Die Sportlerin in der Wand baumelt und dreht in ihrem Klettergurt ein paar Meter unter der Abbruchkante und versucht, den Kopf nach den Kugeln umzuwenden. Deren Flugbahn stimmt nicht, irgendetwas daran widerspricht den physikalischen Gesetzen, nicht direkt, nur ganz unmerklich, zunächst spürt nur das Rückenmark des Vaters die Abweichung. Wie paralysiert schaut er den Kugeln nach. Sie fallen zwar weiter als erwartet, werden aber unnatürlich langsam und bewegen sich in einer sanften Kurve von der Steilwand weg, als folgten sie einer umgekehrten Wurfparabel. Die letzten Kugeln holen die Vorausfliegenden nach und nach auf, bis schließlich alle fünf für einen kurzen Augenblick auf der Höhe der Galerie zum Stillstand kommen. Dann nehmen sie völlig organisch wieder Fahrt auf und schießen in die Tiefe.

So plötzlich, wie sie aus dem Gebüsch gefallen kamen, sind sie verschwunden. Die Rufe der Sportlerinnen klingen nicht mehr vertrauensvoll. Hektisch seilen sie sich aus der Wand ab und räumen ihre Seile und Karabiner zusammen. In sich hört der Vater immer noch das Rückenmark toben. Das kann nicht sein. Es kann nicht. Teile dich mit, gleiche deine Wahrnehmung ab, unternimm etwas. Der Vater blinzelt.

Die beiden Frauen kommen bereits über die Leiter, die an die Galerie gelehnt ist, zum Ausweichplatz heruntergestiegen. Die ferngesteuerte Zentralverriegelung des Busses schnarrt. Wombat in Combat, liest der Vater auf der Schiebetür. Die Frauen werfen die Ausrüstung achtlos hinein, ihre Hände zittern. Vom verdatterten Vater nehmen sie keine Notiz. Noch bevor er einen Ton von sich geben kann, haben sie ihre Kleinbusse schon mit quietschenden Reifen vom Ausweichplatz rangiert.

RÜCKSCHLUSS

Vom Bügelzimmer aus verfolgt die Nachbarin das Geschehen in ihrem Steingarten. Die triumphierende Haltung, die die Mutter eingenommen hat, nachdem die letzte Dekokugel aus ihrer Verankerung gehievt und talwärts gerollt war, sackt ein wenig in sich zusammen, als sie jetzt dem verwunderten Blick der Nachbarin begegnet. Die beiden Frauen blicken sich lange an. Die eine, zwischen einem Haufen ungebügelter und einem Stapel gebügelter Wäsche von ihrem Bügelbrett bis zum Bauch verdeckt. Die andere, schutzlos in verschwitzter Sportgarderobe, allein unter dem Himmel im Steingarten.

Einen Moment lang zögert die Mutter. Jetzt wegrennen, den Kugeln hinterher. Aber wozu? Dann bewegt sie sich mit einem entschuldigenden Anheben der Arme auf das offene Fenster im Parterre, auf das eingerahmte Bild der verstörten Nachbarin hinter ihrer Wäsche zu. Am Fenster angelangt, hebt sie wieder die Arme, als könne diese Geste eine Erklärung für ihren Vandalismus liefern, führt dann die unschlüssig vor ihr schwebenden Hände zum Gesicht, wischt sich die salzigen Tropfen von den Wangen, Schweiß und Tränen. Reibt sich die Schläfen, den Kiefer, die Augen, drückt und knetet ihre eigene Materie, weiß, wenn sie damit fertig ist, wird sie der Nachbarin begegnen müssen. Wäre es nicht tröstlicher, sich für immer weiter umzuformen, nicht mehr antreten zu müssen, das Gesicht hinhalten, den Kopf, Verantwortung zu übernehmen?

Die Mutter lässt schließlich eine Hand auf ihrem Mund liegen, nun selbst erschrocken über ihr Verhalten. Die Nachbarin lässt die Spitze des Bügeleisens mit zielsicheren Bewegungen zwischen die Knöpfe eines Hemds gleiten. Die Arme der Frauen, denkt die Mutter, immer in Bewegung, immer haltend, mit Erhalt beschäftigt, halten die auseinanderdriftenden Leben, die Materie zusammen, bis sie vor Erschöpfung abfallen. Sie lässt ihre Arme sinken.

Nun hält auch die Nachbarin inne, parkt das Bügeleisen auf der Dampfstation und kommt zum Fenster. Legt eine Hand auf den Unterarm der Mutter. Sie wisse. Sie wisse, wie es sei, wenn die Kinder sich aus den Armen winden. Wenn sie urplötzlich am Horizont verschwänden. Die Tochter sei ja schon immer eine sehr Selbständige gewesen, da brauche sich die Mutter nicht sorgen. Und wegen der Kugeln, das würden sie ein andermal bereden. Die Mutter, unfähig etwas zu erwidern, lässt den Blick über die bunten Wäschekörbe voller Sportsocken schweifen. Die Socken der längst ausgezogenen Söhne. Nun ihrerseits etwas beschämt, nimmt die Nachbarin die Hand wieder vom Arm der Mutter und zupft stattdessen Fusseln vom Gardinenstoff. Das sei halt ihre Art, damit umzugehen.

Manchmal habe die Tochter ihr hier Gesellschaft geleistet. Habe zwischen den vollen Wäschekörben gesessen und die zusammenpassenden Sockenpaare gesucht. Aber nicht, die Nachbarin macht eine beschwichtigende Handbewegung, als die Mutter schon Atem holt, sie habe ihr nichts eingeredet, von wegen Wäsche bügeln oder so – im Gegenteil, nein, eher die Tochter habe geredet. Das sei schön gewesen. So selten habe man ihre Stimme gehört, aber hier im Wäschezimmer sei sie richtig ins Erzählen gekommen. Und Geschichten konnte sie zum Besten geben, richtig aufregend. Wie sie einmal in einem Film mitmachen durfte, als Kind noch, schon damals, mit dem sonderbaren Medientheoretiker von unten, im Haus vom Papi. Schon so früh so selbständig ..., wiederholt die Nachbarin und schüttelt beeindruckt den Kopf. Diese Tochter sei ganz klar zu Höherem berufen als zu Hausarbeit.

SCHLUSS

Schwer liegt der Türklopfer in den Fingern der Mutter. Der gusseiserne Katzenkopf, die rote Kugel zwischen den Zähnen, grinst starr. Nicht böse, eher verzweifelt. Auch er will die Kugel fallen lassen, denkt die Mutter.

Wartezimmer der Praxis für praktische Medientheorie Dr. Phil. Ege, liest sie widerwillig unter dem Türklopfer und wartet. Der enge Windfang ist bebildert mit Sehnsucht. Ausgebleichte Postkarten, bunte Stickereien, Mosaik und Aquarell: lodernde Sonnenuntergänge, Küsten, Paläste, eine Flamencotänzerin. Etwas Frohsinn wenigstens im gemeinsamen Entree dieser Vorhölle der Koexistenz, denkt die Mutter. Bestimmt hat Gisela die Gestaltung dieses Wartezimmers übernommen. Bestimmt sitzt Gisela, erschöpft vom Mitwissen, auf Lanzarote an einem Lavastrand und hängt in ihrem Innenraum weiter Bilder über Bilder. Bis der Eingang zu Eges Wohnung, der Zugang zu den Bildern, die hier produziert wurden, endlich zugehängt ist. Die Mutter muss die Bilder, die die Nachbarin erwähnt hat, jetzt finden, solange noch Zeit ist. Eine Tatsache. Ein einziges, greifbares Bild, vom Kind, der Tochter.

Innen kommt jemand angeschlurft, die Tür wird aufgerissen. Im Rauch und Dämmerlicht steht Ege, er trägt grellrote, zerrissene Leggins. Sein nackter, ausgemergelter Oberkörper sticht der Mutter ins Auge.

«Immer herein in die gute Stube», grinst Ege und wedelt den Rauch der Zigarette mit der Hand, in der er sie hält, von der Mutter weg. Ob sie ein Glas Wein wolle?

«Die Bilder», sagt die Mutter bloß. Vom Kind. Damals – all dieses Gefilme. Unten am Fluss, hier zu Hause. Er wisse schon. «Die Bilder davon. Ich will sie sehen. Jetzt.»

Ege wirkt nicht erstaunt, eher erfreut, fast erleichtert. Da müsse er erst suchen, krächzt er und zwängt seinen weißen Haarkranz durch einen engen, schwarzen Rollkragen, diese Bilder habe er lange nicht mehr angeschaut. Das Internet sei ja voller Bilder, die eigene Praxis Kinderkram dagegen. Ege öffnet mit einem kleinen Schlüssel den Wandschrank mit den Videokassetten und nimmt eine abgegriffene Liste heraus.

«Ist ja mindestens vierzig Jahre her!»

«Vor vierzig Jahren hat die Tochter noch nicht gelebt, nicht einmal existiert», schnauzt die Mutter.

«Ja nun, dann eben dreißig», meint Ege, «jedenfalls tempi passati.»

Er drückt der Mutter zwei Kassetten in die Hand und sucht weiter nach dem Camcorder.

«Kirchturm, französische Babes, Neujahr '96, Schneeschleuder, Warten auf Godot, Militärübung», steht auf der Kassettenhülle mit Bleistift geschrieben. Ege zerrt den Camcorder aus einer Kiste mit Kabeln und Adaptern.

«Kannst ja selbst, Canon, as easy as cats can.»

Ege versenkt sich in einen schwarzen Ledersessel, sofort nimmt sein alter, schwarzer Kater auf ihm Platz.

Die Mutter drückt auf den Knöpfen herum, der Camcorder ächzt. Sie möchte wieder wegblicken, diese bewegten Bilder sind ihr zu intim, sie sieht in die verborgenen Zonen zwischen einem Augenblick und dem nächsten. Ertappt dazwischen das Wesen der Kirchtürme, der französischen Babes, der Schneeschleuder. Da! Ein Fetzen Kind am Klavier. Halt! Play! Das Kind am Klavier – die abwiegelnden Bewegungen der Hände, das Kippen des Kopfs, das eine zusammengekniffene Auge. Ihr Kind, kurz in Griffweite, als Erscheinung, dann Schwärze. Knurrend kaut der Camcorder das verheddertes Videoband. Ein paar Sekunden Kind am Klavier. Die Mutter klaubt die zerrissenen Reste aus dem Kassettenfach.

«Man hätte die Videobänder besser nicht im Schrank an der Außenwand aufbewahrt, die UV-Strahlung, zu dumm aber auch», krächzt Ege nur.

«Und wozu gehört denn nun das Kind am Klavier? Zur Schneeschleuder oder zur Militärübung? Es ist nicht verzeichnet. Kommt es vor oder nach Godot?», presst die Mutter hervor.

Ege lacht heiser auf, es klingt wie reißender Stoff. Dass das Kind hier fast täglich erschienen war, weiß die Mutter. Kein Beweis nötig für dieses Wissen. Wonach die Mutter denn suche, jetzt auf einmal?

«Das hier», er deutet mit der brennenden Zigarette auf die Kassetten, «diese Tatsachenebene – erodiert doch schon seit Jahren. Es ist eher die Subrealität, die sich aufdrängt. Und jene Bilder, die da heraufdrängen, sind weder beweisträchtig noch sonst wie in den Griff zu bekommen.»

Die Mutter legt das Gesicht in die Dunkelheit ihrer Handinnenflächen. Wenn die physisch vorhandenen Bilder vom Licht der Sonnenstrahlen zerbröselt wurden, wird sie eben durch ihr eigenes, inneres Kameraobjektiv in die Wahrheit schauen.

Welche Rolle hatte die Tochter in Eges Film gespielt? Die Augen der Mutter blicken durch die Augen der Tochter, ihre Finger huschen über die vom Zigarettenrauch verfärbten Tasten des Klaviers, achten darauf, nicht auf Dur zu wechseln. Ege mag lieber Moll. Kurz blickt die Tochter zum Türrahmen, zu Ege und seiner Kamera auf, und kneift dabei das eine Auge zu. Eine Strategie. Ege und sein Tun nicht in voller Gänze wahrnehmen. Ege und sein Tun, überschattet von Wimpern. Als sie fertig gespielt hat, legt die Tochter das rote Filzband wieder auf die Tasten. Klappt den Deckel zu und schließt die Vergangenheit. Auch diese Vision wird geschreddert, weißes Rauschen in der Mutter. Auch dieser Film ist kaputt. Die Wahrheit existiert nicht, will nicht existieren, nicht in Bildern, nicht auf Bändern. Die Mutter blickt wieder auf.

Auf dem Boden um sie verstreut liegen die zerrissenen Bänder. Ege sitzt wie zensiert in seinem schwarzen Rollkragenpulli, den schwarzen Kater auf den Knien im schwarzen Sessel. Auch Ege verbirgt sich in dieser Unfarbe, die alles Licht schluckt und nichts zurückwirft. Die roten Leggins leuchten, der Kater, ein schwarzes Loch in Eges Schoß. Die Mutter fürchtet sich, etwas in dieses Loch hineinzurufen. Aus der Schwärze heraus kann irgendetwas auf einen zustürzen, Behauptungen, Tatsachen, oder ein Meteorit.

Im Windfang ein Knarren. Mit fröhlichem Huhu kommt Gisela ins Arbeitszimmer gerauscht, stellt eine Schachtel aus der Bäckerei auf den Glastisch. Nun würde sie doch erst morgen zu den Kanaren aufbrechen. Na? Ob Ege sich da nicht freue? Und hier noch eine süße Kleinigkeit. Sie werde gleich hoch in ihre Wohnung, die Koffer packen.

Gisela legt kurz die Hand auf Eges Kopf, will schon wieder aus dem Zimmer und die Treppen hoch. Ein Knistern unter ihrem Absatz, Gisela hält kurz inne. Zerknülltes Videoband.

Erst jetzt bemerkt sie die auf dem Teppich sitzende Nachbarin. Ist bestürzt. Was sie denn hier wolle, mit den Bändern, und alle kaputt? Ob denn nun all diese Bilder verloren seien? Niemand antwortet.

Ege, jetzt fixiert auf das Gebäck, streckt eine zittrige Hand nach dem Deckel der Schachtel aus, ächzt leise, kommt nicht ran. Die Mutter verfolgt die Bewegung aufmerksam. Gisela ist wider Erwarten nicht beim Vulkangestein. Und Ege ist von einer Sekunde auf die nächste zum Greis geworden. Ärgerlich klappt die Mutter das Kassettenfach des Camcorders zu.

Gisela, jetzt im Nebenzimmer, wuselt zwischen den Bücherregalen herum und will konstruktive Vorschläge machen.

«Man kann die alten, spröden Bänder überspielen, auf neue Bänder. Da muss doch was zu machen sein.»

Die Mutter hört Giselas Stimme entfernt klingeln, ein Geläut. Irgendwo will jemand irgendwas retten. Die Tochter auf dem geschredderten Band ist aber bereits fort. Da kann Gisela alte Bilder auf neue Bänder überspielen, bis sie den Tod der Videobänder stirbt.

Ege nestelt an der goldenen Etikette der Patisserie-schachtel.

«Was habt ihr hier eigentlich getrieben, die ganze Zeit, du und die Tochter?», formuliert die Mutter und ärgert sich über die angestrengte Beherrschtheit ihrer Stimme. Zusammenpresste Angriffsfläche. Sie muss Ege zu greifen kriegen.

Ege spitzt die Lippen, werweißt, kann sich nicht recht erinnern. Scheint sich auch nicht zu schämen.

«Je nachdem. Je nach Lust und Laune.»

Die Mutter erstarrt. Kann die Frage nicht aussprechen. Ege zieht die Mundwinkel nach unten, winkt ab.

«Tempi passati, Schnee von gestern. Feuer der Imagination, ach ...» Er lächelt versonnen. «Ich sehe uns manchmal heute noch zusammen vor dem Bildschirm sitzen. Dort», er zeigt zum Schreibtisch hinüber, «dort sind die Zehen der Tochter gewesen, das weiß ich noch genau. Aber woher soll ich wissen, wie die Töchter beschaffen sind? Grenzenloses Gebiet.»

Da steht Gisela bereits wieder auf der Schwelle und macht entrüstete Protestgeräusche. Aber Eges Augen glühen.

«Vielleicht sind die Zehen einer Tochter ihr verlängertes Gehirn, und wenn man sie dort kitzelt, ist ihr Gehirn gestört, gelöscht und ohne Licht.»

Gisela, die hinter den Ledersessel getreten ist, legt beschwörend die Hände auf Eges Schultern. Er solle doch mit dem Blödsinn aufhören.

«Er ist komplett von Sinnen», wendet sie sich an die Mutter, «man darf das nicht ernst nehmen, er fantasiert.»

«Sinniert!», ruft Ege dazwischen.

Die Mutter spürt eine unbändige Wut in sich aufkochen. Kaum auszuhalten, dass Ege im Präteritum über die Zehen ihrer Tochter spricht. Sinniert! Philosophiert! Noch ein letztes Mal auf diesen Körper Einfluss nimmt, sich daran freut. Als wäre ihre Tochter ein Geschenk an ihn, nichts mehr.

«Atmosphäre ist das, was ihr euch gebt, Wunschdenken. Aber Wahrheit, ich will Wahrheit! Damit musst du dich doch auskennen. Ege, der große Betreiber der philosophischen Praxis, hier, mit all seinen Medien, Rekordern und Projektoren zur Tatsachenkonservierung!» Die Stimme der Mutter überschlägt sich fast. Vom Geschrei aufgescheucht, springt der Kater von Eges Schoss. Ege klopft sich die Katzenhaare von den Leggins.

«Man hätte dieser Tochter eben nicht allen Kontakt zu den neuen Medien verbieten sollen. Ein Kontakt führt zum nächsten, alles hat seinen Preis. Und sowieso ...» Ege reißt die Augenbrauen und den Zeigefinger hoch, aber es kommt nichts mehr. Er hat den Anfang des Satzes vergessen.

Gisela ist in einer Art Schockzustand. Sie fragt, ob nicht jemand noch ein Erdbeertörtli zum Nachtisch wolle.

Die Mutter lässt die beiden vor dem Gebäck sitzen. Die Kassetten nimmt sie an sich, sie sind ihr Eigentum. Ihre Tochter. Die verlorenen Bilder dieser Tochter gehören ihr allein. Krachend fällt die Tür der Praxis für Medientheorie ins Schloss.

Im Windfang holt Gisela die Mutter ein. Hält sie am Ellbogen fest, krallt sich regelrecht in ihr Fleisch. Die Mutter müsse doch Vernunft annehmen. Versucht ihr die Kassetten aus den Fingern zu winden.

«Die sind sowieso schon kaputt, das bringt doch nichts.»
Versucht ein Gespräch von Frau zu Frau.
«Du wusstest doch genauso gut wie ich, dass Ege sich das gewünscht hat, mit Kindern. Dass er das aber doch

bestimmt niemals wirklich, also, tatsächlich umgesetzt hätte.»

Eine Taubheit zerfließt im Hirn der Mutter, ins Rückgrat, in die Hände. Die Worte Giselas, die jetzt über die in ihrem Griff zerfließende Mutter sprudeln.

Ege sei eben selbst ein großes Kind und stolz darauf. Und senil und dement. Der rede nur noch Stuss. Und überhaupt. Wer sucht, der findet. Müssten eben alle ihre eigene Erfahrung machen, auch Kinder. Das wisse die Mutter ebenso gut wie sie. Sie wisse doch.

«Was weiß ich …?» Die Stimme der Mutter nur noch ein Lufthauch.

«Was hätte ich denn machen sollen?» Gisela schüttelt die Mutter. «Danebenstehen und aufpassen, wenn die Kinder mit Ege fernsehen?»

Das sei doch absurd. Oder ihnen Angst einreden, vor Ege, vor allen Männern? Das sei dann erst recht fatal. Von plötzlichem Trotz erfasst, lässt Gisela den Ellbogen der Mutter fahren.

Und sowieso – sie möge das Ege von Herzen gönnen, sie legt beide Hände auf ihr Herz, macht ein dramatisches Gesicht, wenn einmal jemand zärtlich sei zu ihm. Er dürfe doch auch einmal einen Genuss haben. Könne man ja schon beim Säugling anfangen, dass man beim Windelwechseln nicht noch versehentlich ein erotisches Vergnügen auslöse, wo kämen wir da hin? Das habe ja kein Ende. Und ein Anfang sei auch nicht klar auszumachen. Nichts sei klar, nichts bewiesen. Soll die Mutter die Kassetten ruhig mitnehmen. Darauf werde sie diese Geschichte nicht finden. Alles werde sie finden, aber nicht diese Bilder zu dieser Geschichte.

Gisela muss der Mutter die Erinnerung, die sie nicht gefunden hat, präventiv ausreden. Die Bilder, die sie nicht sieht, in ihr abhängen. Die Bilder könnten die Mutter erschrecken und Vernunft, Recht und Gesetz auf den Plan rufen. Das sei doch alles Nebensache. Gisela will dem Ganzen jetzt etwas den Wind aus den Segeln nehmen.

Die Mutter fühlt keinen Wind. Sie spürt eine abebbende Kraft in sich, nichts treibt sie an, Tränen steigen in ihrem Hals auf, sie sieht um sich. Die Bilder im Windfang – Bilder einer Welt.

«Wo sind die Eltern?», fragt die Mutter tonlos.

Gisela fasst sie wieder am Arm. Will erst fragen, wessen Eltern. Sagt dann aber zutraulich: «Die Eltern sind in einer anderen Welt», und fügt noch an: «Das Kind war doch immer etwas so Liebes und Spezielles», zieht die Mutter an sich. Alles an der Mutter wird steif.

«Lass mich, bitte», hört sie ihre eigene, mechanische Stimme sagen, «ich will nicht mehr darüber reden. Mach, was du willst.»

Die Wände laufen vor ihr zusammen. Sie blickt in die Ecke des Windfangs.

INHALT

DANK

Ich danke Gertje Graef, Ursula Kaiser, Lilith Becker, Tanja Schwarz, Monica Lutz, Sebastian Tackmann, Annette Hug, Friederike Kretzen, Dorothea Dieckmann, Johannes Werner, Birgit Kempker, Katharina Altas, der VIA und allen, die mit ihrer Erfahrung, ihrer Geduld, ihren Erinnerungen und ihrer Kraft zum Entstehen dieses Buchs beigetragen haben.

Weiterlesen

Julia Weber
Immer ist alles schön
Roman

Anais liebt ihre Mutter, sie liebt ihren Bruder Bruno und insgeheim auch Peter aus der Schule. Die Mutter sagt, das Leben sei eine Wucht, und dass sie gerne noch ein Glas Wein hätte. Denn es hält ihren Sehnsüchten nicht stand, das Leben, und die Männer halten ihrer Liebe nicht stand. Das Tanzen, das sie liebt, ist zum Tanz an der Stange vor den Männern geworden. Es ist nicht einfach, so ein Leben zu leben, sagt die Mutter, darum will sie noch ein Glas. Anais und Bruno versuchen sich und die Mutter zu schützen vor der Außenwelt, die in Gestalt von Mutters Männern mit Haaren auf der Brust in der Küche steht. Oder in der Gestalt von Peter, der ihre Wohnung seltsam findet und nichts anfangen kann mit den tausend, auf der Straße zusammengesammelten Dingen. In Gestalt eines Mannes vom Jugendamt, der viele Fragen stellt, sich Notizen macht, der Anais und Bruno betrachtet wie zu erforschendes Material, und in Gestalt einer Nachbarin, die im Treppenhaus lauscht. Je mehr diese Außenwelt in ihre eigene eindringt, desto mehr ziehen sich die Kinder in ihre Fantasie zurück.

«Immer ist alles schön» ist ein komisch-trauriger Roman, der mit leisem Humor eine eindrückliche Geschichte erzählt: von scheiternder Lebensfreude in einer geordneten Welt und davon, wie zwei Kinder versuchen, ihre eigene Logik dagegenzusetzen. Mit Anais und Bruno fügt Julia Weber der Literatur ein zutiefst berührendes Geschwisterpaar hinzu.

«Ein hinreißendes Buch!» *nzz am Sonntag*

limmatverlag.ch

Anna Ospelt
Wurzelstudien

Beim Elternhaus Anna Ospelts steht ein Baum, auf den früher der Verleger Henry Goverts geblickt hat, als Vorbesitzer des Hauses. Über den Baum stellt Anna Ospelt eine Verbindung zum Verleger her und sucht nach diesem ihrem Wahlverwandten. Dann erforscht sie in der stillgelegten Gerberei des Großvaters familiäre Gerbungen und im botanischen Garten die Wurzeln der Pflanzen, um schließlich ein Rhizom zu finden. Zwischen Natur- und Selbstbetrachtung, zwischen literarischer und botanischer Recherche sammelt Anna Ospelt alles, was ihr begegnet, was die Freundin erzählt und die Dentalassistentin, der Gärtner oder die Botanikprofessorin erklären, bis sie sich selbst in einen Efeu verwandelt.

Spielerisch und anmutig führen die «Wurzelstudien» vor, wie der Mensch sich die Welt anverwandelt zu einer Identität, deren Glück nicht die Wurzeln sind, sondern ein schwebendes Verflochtensein mit dieser Welt.

«Ein hochpolitisches wie literarisch sehr ästhetisches Werk.» *nd*

««Wurzelstudien› ist eines der eigenwilligsten Bücher der letzten Zeit: poetisch flirrend zwischen Prosa, Essay, Lyrik sowie Text und Fotografie.» *Republik*

«Anna Ospelt kennt die Objektivität wissenschaftlicher Verfahren; entsprechend gewissenhaft, von vielen Seiten umkreist sie ihren Gegenstand: Herkunft und Abstammung, wörtlich genommen; Verwurzelung, das wundersame Treiben von Blüten und Blättern.» *St. Galler Tagblatt*

limmatverlag.ch

Handlung und Personen sind erfunden. Ähnlichkeiten mit lebenden oder toten Personen sind rein zufällig.

Für die Unterstützung danken Autorin und Verlag Kultur Stadt Bern, dem Amt für Kultur des Kantons Bern, dem Amt für Kultur des Kantons St.Gallen, der Mentorats- und Coachingplattform Double des Migros-Kulturprozent sowie dem Literarischen Colloquium Berlin.

Im Internet
› Informationen zu Autor:innen
› Hinweise auf Veranstaltungen
› Links zu Rezensionen, Podcasts und Fernsehbeiträgen
› Schreiben Sie uns Ihre Meinung zu einem Buch
› Abonnieren Sie unsere Newsletter zu Veranstaltungen und Neuerscheinungen
› Folgen Sie uns 𝕏 ⊙ ⓕ

Das *wandelbare Verlagslogo* auf Seite 1 zeigt Blätter von einheimischen Bäumen, Linoldruck von Laura Jurt, Zürich, laurajurt.ch

Der Limmat Verlag wird vom Bundesamt für Kultur mit einem Strukturbeitrag für die Jahre 2021–2024 unterstützt.

Umschlag: Giacomo Santiago Rogado, *Influx 1*, 2012, Mischtechnik auf Baumwolle, 250 × 180 cm, © Studio Rogado
Typografie und Umschlaggestaltung: Trix Krebs
Druck und Bindung: Friedrich Pustet, Regensburg

ISBN 978-3-03926-051-5
© 2023 Sarah Elena Müller
© 2023 by Limmat Verlag, Zürich
www.limmatverlag.ch